Segunda casa

A*

Rachel Cusk
Segunda casa

Traducción de Catalina Martínez Muñoz

LIBROS DEL Asteroide

Primera edición, 2021
Primera reimpresión, 2022
Título original: *Second Place*

© de la traducción, Catalina Martínez Muñoz, 2021
© de esta edición, Libros del Asteroide S.L.U.

Ilustración de cubierta: © Cinta Vidal
Fotografía de la autora: © Siemon Scamell-Katz

Publicado por Libros del Asteroide S.L.U.
Avió Plus Ultra, 23
08017 Barcelona
España
www.librosdelasteroide.com

ISBN: 978-84-17977-76-4
Depósito legal: B. 12293-2021
Impreso por Kadmos
Impreso en España - Printed in Spain
Diseño de colección: Enric Jardí
Diseño de cubierta: Duró

Este libro ha sido impreso con un papel ahuesado,
neutro y satinado de ochenta gramos, procedente de bosques
correctamente gestionados y con celulosa 100 % libre de cloro,
y ha sido compaginado con la tipografía Sabon en cuerpo 11.

Esta obra ha recibido una ayuda a la edición del Ministerio de Cultura y Deporte

We acknowledge the support of the Canada Council for
the Arts for this translation.

Una vez te hablé, Jeffers, de cuando me encontré con el diablo en un tren, saliendo de París, y de cómo desde entonces el mal que normalmente acecha bajo la superficie de las cosas sin que nadie lo moleste se sublevó y arremetió contra todas las partes de la vida. Fue como una infección, Jeffers: se apoderó de todo y lo pudrió. Creo que no me había dado cuenta de cuántas partes tenía la vida hasta que cada una empezó a liberar su capacidad para el mal. Sé que tú siempre has sabido estas cosas, que has escrito sobre ellas a pesar de que otros no quisieran oírlas y encontraran tedioso ese interés por la maldad y el error. Pero tú seguiste igualmente, construyendo un refugio en el que la gente pudiera cobijarse cuando las cosas se torcieran también para ellos. ¡Y siempre se tuercen!

El miedo es un hábito como otro cualquiera, y los hábitos matan lo que hay de esencial en nosotros. Esos años de pasar miedo me han dejado una especie de vacío, Jeffers. Sigo temiendo que las cosas me ataquen por sorpresa: sigo esperando oír la misma risa de aquel diablo, la que oí el día en que me persiguió de punta a punta del tren. Era por la tarde, hacía mucho calor y, como los vagones iban bastante llenos, pensé que podría librarme de él simplemente sentándome en otra parte. Pero cambié varias veces de asiento y al rato lo tenía otra vez delante, despatarrado y riéndose. ¿Qué quería de mí, Jeffers?

Tenía una pinta horrible: amarillo, hinchado y con los ojos del color de la bilis inyectados en sangre, y cuando se reía enseñaba unos dientes sucios, uno de ellos completamente negro justo en el centro. Llevaba pendientes y ropa elegante manchada del sudor que le caía a chorros. ¡Cuanto más sudaba más se reía! Y hablaba sin parar en un idioma que no reconocí pero que era estridente y estaba lleno de sonidos parecidos a palabrotas. No era fácil ignorarlo, y sin embargo eso era precisamente lo que hacían todos los pasajeros. Iba con una chica, Jeffers, una chica sobrecogedora, poco más que una niña pintarrajeada y medio desnuda, con los labios entreabiertos y la mirada dócil de un animal idiota. Se había sentado en sus rodillas y él la toqueteaba y nadie decía ni hacía nada para impedírselo. De todos los que íbamos en ese tren, ¿es posible que fuera yo la más dispuesta a intentarlo? A lo mejor me siguió por los vagones para tentarme. Pero yo no estaba en mi país: estaba solo de paso, iba de vuelta a casa, a una casa en la que pensaba con un temor secreto, y no me pareció asunto mío detenerlo. Es muy fácil pensar que algo no te molesta demasiado justo cuando tu deber moral como individuo se ve más expuesto. Si me hubiera enfrentado a él es posible que todas las cosas que ocurrieron después no hubieran ocurrido. El caso es que por una vez pensé: ¡que se haga cargo otro! Y así es como perdemos el control de nuestro destino.

Mi marido, Tony, a veces me dice que subestimo mi fuerza, y no sé si eso hace que la vida sea más arriesgada para mí que para otras personas, igual que es peligrosa para quienes no tienen la capacidad de sentir dolor. Siempre he pensado que hay determinado tipo de personas que no pueden o no quieren aprender la lección de la vida, y viven entre nosotros como un incordio o un regalo. Lo que causan puede llamarse problema o puede llamarse cambio: pero la clave está en que hacen que pase algo, aunque no lo pretendan ni lo quieran. Siempre están alterando las cosas, cuestionando y desestabilizando el *statu quo*; no dejan nada tal como está. No son malas ni buenas en sí mismas —eso es lo importante de este tipo de personas—, pero saben distinguir el bien del mal cuando lo tienen delante. ¿Es así como el mal y el bien siguen brotando el uno al lado del otro en nuestro mundo, Jeffers, porque algunas personas no permiten que ninguno de los dos se salga con la suya? Aquel día, en el tren, decidí fingir que yo no era así. ¡La vida de repente parecía mucho más sencilla detrás de los libros y los periódicos con que la gente escondía la cara para no ver al diablo!

Lo cierto es que después pasaron muchas cosas y tuve que emplear todas mis fuerzas y toda mi fe en el bien y toda mi capacidad de resistir el dolor para seguir viviendo, hasta el punto de que estuve a punto de morir por eso, y luego dejé de ser un incordio para todo el mundo. Hasta mi madre decidió que yo le caía bien durante un tiempo. Al final conocí a Tony y él me ayudó a recuperarme, y cuando me ofreció esta vida dulce y apacible que llevamos aquí, en la marisma, ¿qué hice yo sino sacarle defectos a la tranquilidad y la belleza e intentar alterarlo todo? Esa historia ya la conoces, Jeffers, porque la escribí en otra parte: la menciono únicamente para que veas cómo se relaciona con lo que quiero contarte ahora. Pensé que toda esta belleza no servía de nada si no tenía inmunidad: que si yo podía hacerle daño, cualquiera podría. La fuerza que tengo, si es que tengo alguna, no es nada en comparación con la fuerza de la estupidez. Ese fue y sigue siendo mi razonamiento, aunque podría haber aprovechado la oportunidad de vivir aquí un idilio de plácida impotencia. Homero lo dice en la *Ilíada* cuando habla de la vida agradable y las ocupaciones de los hombres caídos en combate, sin olvidarse de sus elegantes trajes de batalla, sus carros y armaduras hechos a mano. Todo lo que se ha cultivado y construido con cariño, todas esas propiedades, se destruyen con un golpe de espada, se aniquilan en los segundos que se tarda en pisotear una hormiga.

Me gustaría volver contigo, Jeffers, a esa mañana en París, antes de subir al tren en el que iba el diablo hinchado y de ojos amarillos: me gustaría que lo vieras. Tú eres un moralista, y hace falta un moralista para entender cómo pudo ser que los rescoldos de uno de los incendios desatados aquel día siguieran vivos años y años, que su núcleo continuara activo, alimentándose furtivamente, en secreto, hasta el momento en que mis circunstancias lo reavivaron y las brasas prendieron entonces con las cosas nuevas e inflamaron de nuevo las llamas. Ese incendio se desató en París a primera hora de la mañana, cuando un seductor amanecer se extendía sobre las formas pálidas de la Île de la Cité y el aire estaba envuelto en esa quietud absoluta que presagia un día hermoso y claro. El cielo se volvía cada vez más azul, el follaje verde y fresco de la orilla estaba paralizado por el calor y los bloques de luz y sombra que cortaban en dos las calles eran como las eternas formas primordiales que habitan en la cara visible de las cordilleras y parecen surgir de su interior. Me había pasado la breve y sofocante noche de verano despierta en la cama del hotel, y en cuanto vi el amanecer entre las cortinas me levanté y salí a pasear por la orilla del río. Parece presuntuoso, Jeffers, por no decir absurdo, describir mi experiencia así, como si tuviera la más mínima importancia. Seguro que en este preciso instante hay una persona paseando por el mismo tramo del río, cometiendo igualmente el pecado de creer que las cosas ocurren por un motivo y que ese motivo es ¡ella! Pero necesito explicarte cuál era mi estado de ánimo esa mañana, la eufórica sensación de posibilidad que me embargaba, para que puedas entender lo que surgió de ahí.

La noche anterior había estado con un escritor famoso que en realidad no era más que un hombre con mucha suerte. Lo conocí en la inauguración de una galería de arte, y se esforzó tanto por sacarme de allí que halagó mi vanidad. En esos años yo no recibía mucha atención sexual, a pesar de que era joven y creo que bastante atractiva. Mi problema era que tenía la lealtad de un perro idiota. Este escritor era, naturalmente, un ególatra insufrible, además de un mentiroso, y ni siquiera demasiado convincente; y yo, que iba a pasar la noche sola en París sabiendo que en casa me esperaban un marido descontento y una hija, tenía tanta sed de amor que, por lo visto, estaba dispuesta a beber en cualquier fuente. La verdad, Jeffers, es que yo era un perro: llevaba dentro de mí un peso tan descomunal que lo único que podía hacer era retorcerme inútilmente como un animal herido. Ese peso me anclaba a las profundidades, y allí me revolvía y forcejeaba para soltarme y nadar hasta la refulgente superficie de la vida: al menos así era como se veía desde abajo. Esa noche en París, yendo de bar en bar en compañía del ególatra, intuí por primera vez la posibilidad de la destrucción, la destrucción de lo que yo misma había construido; te aseguro que no fue por él, sino por la posibilidad de cambio violento que encarnaba y que nunca se me había presentado hasta esa noche. El ególatra, siempre ebrio de sí mismo, se metía pastillas de menta entre los labios secos cuando creía que no me daba cuenta y hablaba de sí mismo sin parar: en realidad no me engañó, aunque reconozco que eso era lo que yo quería. Me dio metros de soga con la que ahorcarlo, pero naturalmente no lo ahorqué: le seguí el juego y en parte me lo creí, otra prueba más de la suerte que, saltaba a la vista, había tenido a lo largo de su vida. Nos despedimos a las dos de la madrugada en la puerta del hotel, donde sin disimular —casi rozando la descortesía— decidió que yo no merecía tanto la pena como para correr el riesgo de ver amenazada su posición si pasábamos la noche juntos. Y me fui a la cama atesorando el recuerdo de su atención hasta que me pareció que el techo del hotel se levantaba y las paredes se caían y la inmensa oscuridad estrellada me abrazaba con las implicaciones de lo que estaba sintiendo.

¿Por qué vivimos tan dolorosamente en nuestras ficciones? ¿Por qué sufrimos tanto por cosas que nosotros mismos nos hemos inventado? ¿Tú lo entiendes, Jeffers? He querido ser libre toda mi vida y no he sido capaz de liberar ni el dedo meñique del pie. Creo que Tony es libre, y su libertad no parece gran cosa. Se sube al tractor azul para segar la hierba alta que hay que cortar en primavera, y lo veo ir y venir tranquilamente a cielo abierto, con su sombrero flexible, envuelto en el ruido del motor. Alrededor están brotando los cerezos: las yemas de las ramas luchan por estallar y cubrirse de flores para Tony, y cuando él pasa, la alondra sale disparada y se queda suspendida en el cielo, cantando y haciendo piruetas como una acróbata. Yo, mientras, sigo sentada, mirando al frente, sin nada que hacer. Es lo único que he conseguido en cuestión de libertad: librarme de la gente y de las cosas que no me gustan. ¡Después de eso no queda mucho por hacer! Cuando Tony vuelve de trabajar la tierra, me desperezo y cocino para él; voy al huerto a coger hierbas y al cobertizo a por patatas. En esa época del año —primavera— las patatas que guardamos en el cobertizo empiezan a echar brotes, aunque las conservemos completamente a oscuras. Les salen esos brazos blancos y carnosos porque saben que es primavera, y a veces me quedo mirando una patata y pienso que sabe más que la mayoría de la gente.

La mañana siguiente a esa noche en París, cuando me levanté y salí a pasear por la orilla del río, mi cuerpo apenas notaba el suelo: el agua verde y centelleante, la piedra beige muy clara de los muros erosionados y en pendiente, y los primeros rayos del sol dando en ella y en mí al pasar a su lado creaban un elemento tan ligero que me volví ingrávida. No sé si eso es lo que se siente al ser amada, y con esto me refiero al amor importante, al que se recibe antes de que una, estrictamente hablando, sea consciente de su propia existencia. En ese momento sentí una seguridad sin límites. ¿Qué fue lo que vi para sentirme así, cuando en realidad mi situación era cualquier cosa menos segura; cuando de hecho había vislumbrado la semilla de una posibilidad que pronto empezaría a crecer y a propagarse como un cáncer en mi vida, consumiendo años y consumiendo sustancia; cuando unas horas después me vería sentada cara a cara con el mismísimo diablo?

Debí de estar un buen rato deambulando, porque cuando subí de la orilla a la calle las tiendas estaban abiertas y había coches y gente que iba y venía al sol. Tenía hambre, y empecé a fijarme en los escaparates, buscando un sitio en el que comprar algo de comer. No se me dan bien esas situaciones, Jeffers: me resulta difícil satisfacer mis necesidades. Cuando veo a otra gente consiguiendo lo que quiere, a codazos, exigiendo las cosas, decido que prefiero pasarme sin ellas. Me alejo, avergonzada de la necesidad, de la mía y la de los demás. Esto parece una cualidad absurda y siempre he sabido que yo sería la primera en morir pisoteada en una emergencia, aunque me he fijado en que los niños también son así, que les avergüenzan sus necesidades corporales. Cuando le digo esto a Tony, que sería la primera en caer, porque no lucharía para conseguir mi parte, se ríe y dice que no se lo cree. ¡Ya está bien de analizarse a uno mismo, Jeffers!

El caso es que no había mucha gente en París esa mañana, y en las calles por las que paseaba, más o menos cerca de la rue du Bac, no había ningún sitio donde comprar algo de comer. Las tiendas estaban llenas de telas, antigüedades y curiosidades de la época colonial que costaban el sueldo de varias semanas de una persona corriente, y llenas también de una fragancia particular que era, supongo, la fragancia del dinero; al pasar yo miraba los escaparates como si a esas horas de la mañana tuviera intención de comprar una enorme cabeza africana tallada en madera. Las calles eran un desfiladero perfecto de luz y de sombra, y yo me empeñaba en ir por el sol, sin rumbo ni finalidad. De repente, a lo lejos, vi un cartel colocado en la acera, y en el cartel, una imagen. La imagen, Jeffers, era de un cuadro de L, elegido para anunciar una exposición de su obra en una galería cercana. Incluso a distancia reconocí algo en esa imagen, aunque sigo sin saber decir qué era, porque a pesar de que había oído hablar vagamente de L —no sé cuándo ni cómo— no tenía una idea clara de quién era o qué cosas pintaba. El caso es que me llamó: me abordó en esa calle de París y seguí los sucesivos carteles hasta que llegué a la galería y entré directa por la puerta abierta.

Querrás saber, Jeffers, cuál era la obra seleccionada para el cartel y por qué me afectó tanto. Aparentemente no hay un motivo en particular por el que la obra de L pudiera atraer a una mujer como yo, incluso puede que a ninguna mujer, y desde luego no a una madre joven y al borde de la rebelión, con unos anhelos imposibles que, además, están cristalizados en sentido inverso por el aura de libertad absoluta que irradia su pintura. Una libertad elemental e impenitente, masculina hasta en su última pincelada. Es una pregunta que pide una respuesta, y sin embargo no hay una respuesta clara y convincente, más allá de decir que esa aura de libertad masculina está presente en la mayoría de las representaciones del mundo y de nuestra experiencia humana en él, y que como mujeres nos hemos acostumbrado a traducirla a un idioma que podamos reconocer. Recurrimos a nuestros diccionarios y desciframos el enigma, evitando algunas de las partes a las que no encontramos sentido o no entendemos, y otras a las que sabemos que no tenemos derecho, y *voilá!*: participamos. Es como llevar un traje elegante que nos han prestado, o a veces directamente una suplantación; y al no haber sentido nunca nada de esto como mujer, creo que en mí el hábito de la suplantación ha llegado a ser más profundo que en la mayoría, hasta el punto de que algunos aspectos de mi personalidad parecen de hecho masculinos. Lo cierto es que desde el principio recibí claramente el mensaje de que todo habría sido mejor —habría estado bien, habría sido como tenía que ser— si yo hubiera sido un chico. Al mismo tiempo, nunca le vi ninguna utilidad a esa parte masculina, tal como L me demostraría más tarde, en la época de la que quiero hablarte.

La imagen del cartel, por cierto, era un autorretrato, uno de esos impresionantes retratos de L en los que se sitúa más o menos a la distancia que guardamos con un desconocido. Parece casi sorprendido de verse: mira a ese desconocido con objetividad y sin compasión, como se mira a cualquier persona en la calle. Lleva una camisa de cuadros normal y corriente y el pelo peinado con raya y hacia atrás, y a pesar de la frialdad de la percepción —que es una frialdad y una soledad cósmica, Jeffers—, la representación de estos detalles, de la camisa abrochada y el pelo peinado y los rasgos puros, no animados por el reconocimiento, es la cosa más humana y amorosa del mundo. La emoción que sentí mientras lo miraba fue lástima, lástima de mí misma y de todos nosotros: la lástima muda que sentiría una madre por su hijo mortal, al que a pesar de todo peina y viste con tanta ternura. Podríamos decir que esto vino a dar el toque final a mi extraño estado de exaltación: sentí que salía del esquema en el que llevaba viviendo muchos años, el esquema de la participación humana en un determinado conjunto de circunstancias. A partir de ese momento dejé de estar inmersa en la historia de mi vida y empecé a diferenciarme de ella. Había leído bastante a Freud y podría haber aprendido de él lo absurdo que era todo, pero me hizo falta el cuadro de L para *verlo* de verdad. Lo que vi, dicho con otras palabras, fue que estaba sola, y vi que ese estado era un regalo y una carga, algo que hasta entonces nunca se me había revelado verdaderamente.

Ya sabes, Jeffers, que me interesa la existencia de las cosas antes de que tengamos conocimiento de ellas, ¡en parte porque me cuesta creer que de verdad existan! Cuando te han criticado siempre, desde antes de lo que alcanzas a recordar, es casi imposible situarse en el tiempo o el espacio anterior a la crítica: es decir, creer en tu propia existencia. La crítica es más real que tú misma: de hecho parece que es lo que te ha creado. Tengo la impresión de que mucha gente va por ahí con este problema en la cabeza y eso causa todo tipo de complicaciones: en mi caso hizo que mi cuerpo y mi mente se divorciaran desde el principio, cuando tenía muy pocos años. Pero lo que quiero decir es que en los cuadros y en otros objetos creados hay algo que puede proporcionarnos cierto alivio y desahogo. Nos sitúan, nos ofrecen un lugar en el que estar, mientras que antes el espacio siempre estaba ocupado, porque la crítica se instaló allí primero. No incluyo las cosas creadas a partir de las palabras: al menos para mí no tienen el mismo efecto, porque para llegarme tienen que pasar primero por mi entendimiento. Mi apreciación de las palabras tiene que ser mental. ¿Me perdonas por eso, Jeffers?

No había nadie más en la galería esa mañana, tan temprano: en mitad del silencio, el sol entraba por los ventanales y formaba charcos de luz brillantes en el suelo, y yo los rodeaba con la alegría de un fauno en el bosque el primer día de la creación. La exposición era eso que llaman una «amplia retrospectiva», y por lo visto eso significa que por fin eres lo suficientemente importante para estar muerto, a pesar de que L apenas tenía cuarenta y cinco años por aquel entonces. Había como mínimo cuatro salas grandes, y las devoré todas, una detrás de otra. Cada vez que me acercaba a un cuadro —del boceto más pequeño a las obras paisajísticas más grandes— tenía la misma sensación, hasta un punto en que me parecía imposible volver a experimentarla. Pero no: la sensación se repetía cada vez que me enfrentaba a la imagen. ¿Qué era? Era una sensación, Jeffers, pero era también una frase. Puede sonar contradictorio, después de lo que acabo de decir de las palabras, que las palabras acompañaran a la sensación de una manera tan definitiva. Pero no era yo quien las encontraba. Eran los cuadros quienes encontraban las palabras en algún rincón, dentro de mí. No sé de quién eran ni quién las decía: solo que eran dichas.

Muchos cuadros eran de mujeres, y en su mayoría de una mujer en particular, y en este caso mis emociones eran más reconocibles, aunque todavía indoloras y separadas del cuerpo. Había un dibujo pequeño, al carboncillo, de una mujer dormida en una cama, con la cabeza oscura como una simple mancha de abandono entre las sábanas revueltas. Reconozco que una especie de llanto amargo y silencioso salió de mi alma ante la crónica de una pasión que parecía definir todo lo que yo jamás había conocido e ignoraba si llegaría a conocer. En muchos de los retratos grandes L pinta a una mujer de pelo moreno y bastante carnosa —con frecuencia él aparece en el cuadro con ella—, y me pregunté si aquella mancha en la cama casi borrada por el deseo sería la misma persona. En los retratos, la mujer normalmente lleva una especie de máscara o disfraz; unas veces parece que ama a L y otras veces simplemente parece tolerarlo. Pero el deseo de él, cuando estalla, la extingue.

Sin embargo, era frente a los paisajes donde yo oía la frase con más fuerza, y esas imágenes siguieron humeando en mi cabeza años y años, hasta que llegó el momento del que quiero hablarte, Jeffers, cuando el fuego prendió de nuevo y me rodeó. ¡La religiosidad de los paisajes de L! Si la existencia humana fuera una religión, claro. Cuando L pinta un paisaje está recordando el momento en que lo miró. Es la mejor descripción que puedo hacer de sus paisajes, o de cómo los veía y qué me hacían sentir. Seguro que tú lo harías mucho mejor. Pero lo que quiero es que entiendas cómo la idea de L y sus paisajes volvió a mí muchos años después y en otro sitio, cuando yo ya vivía en la marisma con Tony y pensaba de un modo muy distinto. Ahora comprendo que me enamoré de la marisma de Tony porque tenía exactamente la misma cualidad, la cualidad de algo recordado, que comparte el momento de la existencia y es inseparable de él. Nunca llegué a atraparlo, y no sé por qué necesitaba atraparlo en absoluto, pero es un ejemplo de determinismo humano tan válido como cualquiera al que podamos recurrir por ahora.

Te estarás preguntando, Jeffers, cuál era la frase que salía de los cuadros de L y me hablaba con tanta claridad. Era: *Estoy aquí.* No voy a decir lo que creo que significan esas palabras ni a quién se refieren, porque eso equivaldría a intentar privarlas de vida.

Un día escribí a L para invitarlo a venir a la marisma:

Querido L

Richard C me ha dado tus datos... Creo que los dos somos amigos suyos. Descubrí tu obra hace quince años, cuando me sacó de la calle y me encaminó hacia una forma distinta de entender la vida. ¡Lo digo en sentido literal! Mi marido Tony y yo vivimos ahora en una zona de enorme belleza, aunque muy sutil, donde a menudo los artistas parece que encuentran la determinación o la energía o simplemente la oportunidad de trabajar. Me gustaría que vinieras para ver cómo es esto a través de tus ojos. Nuestro paisaje es uno de esos enigmas que atraen a la gente, aunque al final nadie entiende absolutamente nada. Está lleno de desolación, consuelo y misterio, y todavía no le ha contado a nadie su secreto. Dos veces al día la marea cubre la marisma y llena sus rincones y canales; después se retira y se lleva —o eso me gusta pensar— las pruebas de sus pensamientos. A lo largo de los últimos años he paseado a diario por las marismas y nunca parecen el mismo sitio. Siempre hay gente intentando pintarlo, claro, pero lo que acaban pintando es lo que tienen dentro de la cabeza: vienen buscando emociones intensas o una historia o una excepción, cuando lo cierto es que estas cosas solo pueden ser accesorios de su esencia. Yo creo que las marismas son el pecho amplio y algodonoso de una deidad o un animal dormido, y que su movimiento es el movimiento lento y profundo de la respiración sonámbula. Son simples opiniones, pero me dan el coraje necesario para sospechar que tú quizá las compartas y que aquí hay algo para ti y puede que únicamente para ti.

Vivimos con sencillez pero con comodidad, y tenemos una segunda casa donde la gente puede alojarse y estar completamente sola si quiere. Hemos tenido a varios invitados trabajando aquí en sus cosas. A veces se quedan días y a veces meses. No seguimos un calendario y por ahora no lo hemos necesitado: todo se da con naturalidad. Repito que puedes estar completamente solo si te apetece. El verano es la mejor época, y es entonces cuando recibimos más peticiones de personas que quieren venir. Si te interesa mínimamente, puedo darte más detalles de dónde estamos, cómo vivimos, cómo llegar, etc. Estamos muy lejos de todo, pero hay un pueblo a pocos kilómetros donde puedes encontrar los servicios necesarios. La gente suele decir que quedan pocos lugares así.

M

Contestó casi al momento, Jeffers, y eso me sorprendió un poco. ¡Me hizo pensar a quién más podía convocar yo por el mero hecho de sentarme y concentrar mi voluntad!

M

Recibí tu nota y la leí en la terraza de un restaurante nuevo de Malibú, protegiéndome los ojos de una puesta de sol que era como un baño de sangre y evocaba azufre y fuego del infierno. Estoy en L.A. organizando mi nueva exposición, que se inaugura dentro de un par de semanas. La contaminación es obscena. Tu marisma algodonosa sonaba muy agradable en comparación.

Hace años que no veo a Richard C. No sé a qué se dedica ahora.

Da la casualidad de que estoy solo y soy libre de probar algo distinto. Y me gustaría hacerlo. A lo mejor es lo que tú sugieres. Me intriga qué fue eso que te arrastró en la calle.

De todos modos, dame más detalles. El sitio que describes parece muy aislado, aunque todavía no he encontrado un sitio donde me sienta más libre y solo que en Nueva York. ¿De verdad no hay gente por ahí, o ese pueblo del que hablas es un reducto de artistas?

En cualquier caso, cuéntame más cosas.

L

Ps: Mi galerista dice que ha estado en un sitio que podría ser el mismo del que tú hablas. ¿Es posible? Por cómo lo describes no me parece un lugar al que ella iría.

Le contesté para contarle más cosas de Tony y de mí, de cómo es la vida en la marisma y qué podía esperar de nosotros, y traté de describirle la segunda casa. Puse mucho cuidado de no exagerar, Jeffers: Tony me ha enseñado que mi costumbre de querer agradar a la gente diciendo que las cosas son mejor de lo que son solamente genera decepción, para mí más que para nadie. Es una forma de control, como lo es la generosidad en gran medida.

Construimos la segunda casa después de comprar una parcela de páramos colindante a la nuestra, para evitar que se diera un mal uso al terreno. La normativa urbanística aquí es estricta, pero la gente, claro, encuentra mil maneras de esquivarla. La más habitual es plantar árboles para talarlos luego y venderlos, unos árboles pálidos y sin savia que crecen deprisa y rectos, como soldados en formación, y caen a la misma velocidad que ellos, dejando un caos de restos y muñones amputados. No queríamos que esos pobres soldados desfilaran día y noche por delante de nuestra ventana camino de la muerte. Así que compramos el terreno con la intención de devolverlo a la naturaleza, más o menos, pero cuando empezamos a desbrozar las zarzas y a retirar los árboles caídos nos topamos con una historia muy distinta. Tony tiene un grupo de conocidos que se ayudan mutuamente cuando hay que hacer trabajo físico. Algunas matas de zarza medían seis metros de alto, Jeffers, y en su intento de defenderse despellejaron a los hombres, pero una vez cortadas descubrimos que debajo había escondido de todo. Encontramos un velero precioso y medio podrido, construido con escoria de hulla, dos coches clásicos y, por último, una casita de campo sepultada debajo de una montaña de hiedra. Lo que sacamos de allí eran los envoltorios de una vida, y unas vistas de las marismas más bonitas que las nuestras. He pensado muchas veces en la persona que vivió esa vida, tan profundamente olvidada que, literalmente, pudo pudrirse de nuevo en la tierra. Los coches se encontraban en un interesante y grave estado de descomposición, así que los dejamos en paz, pero segamos la hierba de alrededor para exhibirlos; y lo mismo hicimos con el barco, varado en lo alto de una pendiente con la proa levantada hacia el mar. El barco me resultaba un tanto melancólico, porque daba la sensación de que siempre estaba llamando a alguien o algo inalcanzable; pero los coches siguen pudriéndose majestuosamente con el paso del tiempo, como empeñados en descubrir una verdad propia. La casita de campo era muy sórdida y muy triste, y enseguida vimos que habría que derribarla y rehacerla para quitarle esa pátina de tristeza humana y aterradora. Por dentro estaba negra de humo, y los hombres tenían la teoría de que allí estaba escrito el destino de su anterior ocupante. El caso es que la echaron abajo y la construyeron de cero con sus propias manos, siguiendo las indicaciones de Tony.

Tú y Tony no os habéis conocido, Jeffers, pero creo que os llevaríais bien: Tony es muy práctico, y tú también lo eres, y no es burgués ni nada negligente, como lo son por naturaleza la mayoría de los burgueses. No tiene la debilidad de la negligencia y tampoco la necesidad de descuidar las cosas para ejercer su poder sobre ellas. Tiene, eso sí, unas cuantas certezas que le vienen de su posición y su conocimiento particular y que resultan muy útiles y muy reconfortantes, ¡hasta que te toca enfrentarte a ellas! Nunca he conocido a nadie menos lastrado por la vergüenza que Tony y tan poco inclinado a hacer que los demás se avergüencen por nada. No hace comentarios ni críticas, y eso lo sumerge en un mar de silencio en comparación con la mayoría de la gente. Su silencio a veces hace que me sienta invisible, no para él sino para mí misma, porque como ya te he dicho, me han criticado toda la vida: es así como he llegado a saber que existo. Pero como yo soy una de las certezas de Tony, le cuesta creer que pueda dudar de mi propia existencia. «Me estás pidiendo que te critique», me dice a veces, al final de alguno de mis estallidos. ¡Y eso es todo lo más que llega a decir!

Te cuento todo esto, Jeffers, porque está relacionado con la construcción de la segunda casa y con el uso que decidimos darle: ofrecer cobijo a las cosas que aún no estaban allí; las cosas más elevadas, o eso pensaba yo, que he llegado a conocer y apreciar de un modo u otro a lo largo de mi vida. No digo que tuviéramos la idea de crear una especie de comunidad o de utopía. Sencillamente, Tony comprendió que yo tenía mis propios intereses y el hecho de que él estuviera satisfecho con nuestra vida en la marisma no significaba automáticamente que yo también lo estuviera. Yo necesitaba algo de comunicación, por poca que fuese, con la idea del arte y con la gente que vive según esa idea. Y esa gente vino, y se comunicó, aunque al final siempre parecía que Tony les caía mejor que yo.

Cuando dos personas se casan jóvenes, Jeffers, todo nace de la raíz compartida de su juventud y es imposible decir qué parte es de uno y cuál de la otra persona. Por eso, cuando esas dos personas intentan separarse, el corte afecta desde la raíz hasta la punta de las ramas, y el proceso se convierte en una carnicería que parece dejar a la persona reducida a la mitad de lo que era antes. Pero cuando uno se casa más tarde, la relación es más parecida al encuentro de dos cosas distintas ya formadas, a una especie de choque de la una con la otra, parecido a dos masas de tierra que chocan y se fusionan la una con la otra a lo largo del tiempo geológico, dejando la dramática costura de las cordilleras como prueba de su fusión. No es tanto un proceso orgánico como un acontecimiento espacial y una manifestación externa. La gente podía vivir con y cerca de Tony y de mí, mientras que nunca habría podido adentrarse y habitar el núcleo oscuro —ya fuera vivo o muerto— de un matrimonio original. La nuestra era una relación muy abierta, pero eso planteaba también algunas dificultades y desafíos naturales que superar: tuvimos que construir puentes y abrir túneles para encontrarnos el uno con el otro desde lo previamente formado. La segunda casa fue uno de esos puentes, y debajo del puente el silencio de Tony discurría inalterado como un río.

Está en una pendiente suave, un poco más alta que la vivienda principal, y entre medias hay una arboleda, y el sol se levanta por detrás de la arboleda todas las mañanas y entra por nuestras ventanas; y por las tardes el sol se pone a través de los mismos árboles y entra por las ventanas de la segunda casa. Las ventanas llegan del suelo al techo, de forma que la inmensa franja horizontal de la marisma y su espectáculo —su despliegue de luz y color, la remota gestación de sus temporales, las bandadas de aves marinas que la sobrevuelan o se instalan en su piel como motas blancas, el mar que unas veces ruge tendido sobre la línea del horizonte dentro de un caldero de espuma blanca y otras veces se acerca sigiloso y brillante hasta cubrirlo todo con una lámina de agua cristalina— parece que está dentro de la casa, contigo.

Las ventanas fueron una de las certezas de Tony, con la que yo no estaba de acuerdo y a la que me opuse desde el principio, porque creo que una casa tiene que ser ante todo y sobre todo acogedora y permitirte olvidar lo que hay fuera cuando estás dentro. La falta de intimidad me molestaba, sobre todo de noche, cuando se encendían las luces y quien estaba en casa se olvidaba de que desde fuera se veía todo con tanta claridad como de día. Me da mucho reparo ver a la gente cuando no sabe que la están observando y descubrir cosas que preferiría no saber. Para Tony, sin embargo, un paisaje tiene una especie de significado espiritual: no es algo que se describa o de lo que se hable, sino algo con lo que uno vive y se relaciona, y que por tanto también te mira a ti y se incorpora a todo lo que haces. Veo cómo hace una pausa mientras corta la leña o trabaja en el huerto, levanta la vista un rato hacia la marisma y vuelve luego a su tarea; y así en las verduras que comemos está la marisma, y está en el fuego con el que nos calentamos al caer la tarde.

Tony no me hizo ni caso con las ventanas, incluso llegó al extremo de actuar como si no me oyese, y después, cada vez que yo sacaba el tema y señalaba cuántos problemas daban, me escuchaba en silencio y después decía: «A mí me gustan». Supongo que era su manera de reconocer que quizá se había equivocado. La primera vez que tuvimos un invitado, un músico que quería grabar y reproducir muestras de cantos de aves y que transformó la casa en un estudio abarrotado de enormes cajas negras y fabulosos teclados llenos de botones y luces parpadeantes, un día crucé la arboleda para llevarle el correo y me lo encontré ¡friendo huevos en pelotas! Me habría ido sin decir nada, pero me vio por la ventana, igual que yo lo había visto a él, y tuvo que salir a la puerta y recoger el correo, sin cubrirse, porque evidentemente decidió que era mejor fingir que no había pasado nada extraordinario.

Y puede que no *hubiera* pasado nada, Jeffers: puede que el mundo esté lleno de gente como Tony y ese músico, que creen que no hay nada que deba preocuparnos en el hecho de ver y ser vistos, ¡con ropa o sin ella!

Después de ese incidente se me permitió poner unas cortinas, y estaba muy orgullosa de aquellas cortinas preciosas de lino claro y grueso, a pesar de que sabía que a Tony le dolían los ojos cada vez que las veía. El suelo de la casa era de anchos tablones de castaño —los amigos de Tony los habían cepillado y lijado a mano— y las paredes de cal sin alisar, y todos los armarios y las estanterías se habían hecho con la misma madera de castaño, y en conjunto todo olía bien y tenía un aire muy humano y natural, con líneas y texturas agradables, no como esas casas nuevas que parecen cajones o clínicas. Hicimos una sala grande, con cocina, chimenea, sillas cómodas y una mesa de madera larga para comer y trabajar; otra habitación más pequeña para dormir y un cuarto de baño con una bañera antigua y muy bonita, de hierro fundido, que encontré en un rastrillo. Era todo tan nuevo y tan precioso que casi me entraron ganas de mudarme allí. Cuando la casa estuvo terminada, Tony dijo:

«Justine creerá que hemos hecho esta casa para ella».
Bueno, no puedo decir que no se me hubiera ocurrido
preguntarme qué pensaría mi hija del trabajo que habíamos hecho, pero lo cierto es que ni se me pasó por la
cabeza que pudiera creer que era en su honor. Sin embargo, en cuanto Tony lo dijo vi que era verdad, y me sentí
inmediatamente culpable, a la vez que tomé la decisión
de no permitir que me robasen nada. Estos dos sentimientos siempre llegan juntos, para incapacitarme y
maniatarme mejor: me han creado problemas desde el
principio, desde que Justine llegó a este mundo y tuve la
sensación de que quería ocupar justo el mismo lugar que
yo ocupaba, solo que yo había llegado primero. Nunca
he conseguido reconciliarme con la circunstancia de que,
justo cuando una acaba de recuperarse de su infancia,
cuando por fin logra salir arrastrándose de ese pozo y
siente el sol en la cara por primera vez, tiene que ceder-
le ese sitio al sol a una hija, con la determinación de que
no sufra como una sufrió, y volver a rastras a otro pozo
de sacrificio para asegurarse de que lo consigue. En ese
momento Justine acababa de terminar la universidad y
se había ido a trabajar a Berlín, pero venía de visita a
menudo, y yo la notaba inquieta, con un aire de necesidad inmediata y transitoria, como quien se encuentra en
una estación muy concurrida y busca dónde sentarse
mientras espera el tren. Daba igual que le ofreciera una
silla bonita, a ella siempre le gustaba más aquella en la
que yo estuviera sentada. Pensé si no deberíamos ofrecerle la segunda casa directamente y dejarnos de líos,
pero resultó que entonces se enamoró de un chico, Kurt,
y ese verano no vino a vernos, y así empezó nuestra
nueva vida con invitados en la marisma.

Obviamente, no le conté toda esta historia a L en mi carta, solo la parte que pensé que necesitaba saber. Vinieron a continuación unas semanas de silencio en las que la vida siguió su curso habitual, hasta que un buen día L escribió para anunciar que venía, y que llegaría el mes siguiente. Por suerte no teníamos ningún invitado en ese momento, y Tony y yo pintamos a toda prisa las paredes, enceramos el suelo y limpiamos las ventanas con vinagre y papel de periódico hasta sacarles brillo. Los cerezos empezaban a brotar después del invierno y la arboleda a llenarse de preciosas flores blancas y rosas que parecían de espuma, y cortamos unas ramas y las pusimos en jarrones de arcilla grandes. Incluso dejamos la leña preparada en la chimenea. Me dolían los brazos de limpiar los ventanales, y nos íbamos a la cama por las noches, reventados, sin apenas tiempo de prepararnos algo de cenar.

Y L volvió a escribir:

M

Al final he decidido ir a otro sitio. Un conocido tiene una isla y me ha dicho que puedo instalarme allí. Se supone que es una especie de paraíso, así que voy a pasar una temporada como Robinson Crusoe. Es una lástima no ir a tu marisma. No paro de conocer gente que te conoce y todo el mundo dice que eres maja.

L

Bueno, Jeffers, lo aceptamos, aunque no puedo decir que lo olvidara: el verano fue el más cálido y espléndido que habíamos tenido en años, y de noche encendíamos hogueras y dormíamos al raso envueltos en el latido del cielo estrellado, y nadábamos en los canales de la marisma, y yo no paraba de imaginarme cómo habría sido todo si L hubiera estado con nosotros y cómo lo hubiera visto él. En lugar de L vino un escritor a pasar una temporada en la segunda casa, pero apenas lo vimos. Estaba todo el día dentro de casa, con las cortinas cerradas, hasta cuando hacía más calor: ¡yo creo que durmiendo! El caso es que pensaba a menudo en L, en su isla y en qué tipo de paraíso sería, y a pesar de que nuestra casa se parecía bastante al paraíso ese verano, me daba envidia la isla. Era como si a todas horas me llegara una brisa cargada de una fragancia de libertad que era un tormento, y de repente tenía la sensación de que ese mismo tormento me había molestado y perseguido demasiado tiempo a lo largo de mi vida. Tenía la sensación de haberlo desmantelado todo y haber llegado hasta aquí corriendo en el intento de alcanzarla, como cuando a alguien le pica una abeja y se arranca la ropa y corre de un lado a otro, de manera que su agonía resulta visible para quien no sabe qué le pasa. Seguía intentando que Tony me hablara de eso: me quemaba la necesidad de hablar, de analizar, de sacar esas emociones de dentro para verlas y observarlas desde fuera. Una noche, cuando estábamos en la cama, me lancé contra él llena de rabia y le dije cosas horribles: que me sentía sola y abandonada, que en realidad nunca me prestaba esa atención que hace que una mujer se sienta mujer, que esperaba que me pariese a mí misma a todas horas, como Venus saliendo de su concha. ¡Como si yo supiera qué es lo que hace a una mujer sentirse mujer! Al final me fui a dormir al sofá, en el piso de abajo, y me quedé despierta, pensando en lo que había dicho y en que Tony nunca hace nada que me duela, que nunca me controla, y al final subí corriendo y me metí con él en la cama de un salto y le dije:

—Tony, siento haber dicho esas cosas horribles. Sé lo bueno que eres conmigo y no quiero hacerte daño nunca. Pero es que a veces necesito hablar para sentir que existo, y me gustaría que hablaras conmigo.

Estaba callado, tumbado en la oscuridad y mirando el techo. Y por fin dijo:

—Yo siento que mi corazón te está hablando a todas horas.

¡Ya lo ves, Jeffers! Sinceramente creo que Tony está convencido de que hablar y cotillear es un veneno, y este es uno de los motivos por los que cae tan bien a la gente que viene aquí, porque actúa como una especie de antídoto a su costumbre de envenenarse y envenenar a los demás y les hace sentirse mucho más sanos. Pero para mí existe una conversación saludable, aunque es rara: la conversación que permite a las personas crearse a sí mismas al darse voz. Es la conversación que solía tener con los artistas y otras personas que han venido a la marisma, aunque también eran capaces de esa otra conversación venenosa y hablaban así muchas veces. Se daban muchos ejemplos de compenetración —momentos en los que trascendíamos nuestros respectivos yoes y nos mezclábamos a través del lenguaje— y yo no podía pasarlos por alto.

En otoño me sorprendió recibir otra carta de L:

M

Bueno, el paraíso no es tan la bomba como dicen.

Me harté de tanta arena. También me hice una herida, se me infectó y tuvieron que venir a buscarme en hidroavión y llevarme a un hospital. Estuve seis semanas ingresado: tiempo perdido. La vida pasaba al otro lado de la ventana. Ahora me voy a Río, a inaugurar mi exposición. Nunca he estado en esa parte del mundo, pero me da que podría ser divertido. A lo mejor me quedo a pasar el invierno.

L

Justo cuando había vuelto a tranquilizarme, aparecía de nuevo, y ahora me tocaba llevar dentro de la cabeza, día y noche, a Río de Janeiro, tan cálido, bullicioso, carnal y lleno de diversión libertina. Habían empezado las lluvias, los árboles se quedaron desnudos y los vientos del invierno gemían en la marisma. A veces sacaba el catálogo de la obra de L y miraba sus cuadros con la misma sensación que me despertaban siempre. Por supuesto, en ese tiempo hubo otro millón de hilos de vida y de cosas que ocurrieron y ocuparon nuestros pensamientos y sentimientos, pero es mi relación con L lo que aquí me interesa y lo que quiero que veas, Jeffers. No quisiera dar la impresión de que pensaba en él más de lo que pensaba. Pensaba en él —en realidad en su obra— cíclicamente, como una consumación. Una consumación de mi yo solitario en la que encontraba una especie de continuidad.

De todos modos, renuncié más o menos a la idea de que L viniera alguna vez al lugar en el que estaba yo y lo viera con sus propios ojos, lo que habría dado una finalidad a la consumación y me habría dado a mí —o eso creía— una versión de la libertad que había deseado toda mi vida. L me escribió un par de veces ese invierno para contarme todo lo que estaba haciendo en Río, y una vez incluso me invitó a ir. Pero yo no tenía ninguna intención de ir a Río, ni a ninguna parte, y la carta me molestó, porque me banalizaba y también porque lo decía en un tono que me obligó a ocultárselo a Tony. Creo que eso significaba que L en cierto modo me temía, y que tratarme como presumiblemente trataba a otras mujeres era un modo de afianzarse en un terreno firme.

Los sucesos de ese invierno son de todos conocidos y por tanto no hace falta que hable de ellos salvo para decir que su impacto nos afectó mucho menos que a la mayoría de la gente. Nosotros ya habíamos simplificado nuestra vida, mientras que para otros ese proceso de simplificación fue brutal y agónico. Lo único que de verdad me fastidió fue que no podía moverme con tanta facilidad: ¡como si alguna vez fuéramos a alguna parte! Pero aun así sentí la pérdida de libertad. Ya sabes, Jeffers, que no soy de un país en particular y en realidad no soy ciudadana de ninguna parte, y por eso saber que tenía que quedarme donde estaba me produjo una sensación de encarcelamiento. También era más difícil que la gente viniese a vernos, pero por aquel entonces Justine se vio obligada a volver de Berlín y se trajo con ella a Kurt, así que les dejamos la segunda casa para que se instalaran allí, como estaba escrito desde el principio.

En primavera recibí una carta.

M

Bueno, ¿verdad que todo se ha vuelto una locura? A lo mejor para ti no, pero a mí se me ha ido todo al carajo, como le gusta decir a mi amiga inglesa. El valor de las cosas se ha borrado de golpe como una capa de mugre. He perdido mi casa y también mi refugio en el campo. Por otro lado, nunca sentí que fueran míos. El otro día, en la calle, le oí decir a alguien que este caos mundial iba a alterar por completo el carácter de Brooklyn. ¡Ja, ja!

¿Sigues teniendo sitio? Creo que puedo llegar hasta allí. Sé un modo. ¿Necesito dinero para la estancia?

L

Porque esto es en parte una historia de voluntad, y de las consecuencias de ejercerla, verás, Jeffers, que todo lo que yo decidí que ocurriera ocurrió, pero no como yo quería. Esta es la diferencia, supongo, entre un artista y una persona corriente: el artista puede crear fuera de sí una réplica perfecta de sus propias intenciones. Los demás solo creamos desorden o algo desesperadamente mortecino, por más luminoso que lo hubiéramos imaginado. Esto no significa que no tengamos todos algún compartimento en el que también podamos desarrollar instintivamente nuestro potencial, saltar sin mirar, pero dar a las cosas una existencia permanente es un logro de muy distinto orden. Para la mayoría, lo más parecido a eso es tener un hijo. ¡Y es ahí donde nuestros errores y nuestras limitaciones se exponen con mayor claridad!

Me senté con Justine y con Kurt para explicarles lo que había pasado y decirles que tendrían que mudarse con nosotros a la casa principal. Naturalmente, Justine preguntó por qué no podía ser L el que se instalara en la casa principal. Bueno, yo no sabía exactamente por qué no; solo sabía que cuando pensaba en que Tony, L y yo viviéramos tan cerca me daban ganas de encogerme, y la perspectiva de tratar de explicárselo a Justine era casi igual de desagradable. Me hacía sentirme vieja, más vieja que el más viejo de los monumentos, que es como te hacen sentir los niños cuando todavía te crees capaz de producir un sentimiento propio y original de vez en cuando. El lenguaje me falla por completo en esos momentos —el lenguaje parental cuya conservación y mantenimiento he descuidado entre unas cosas y otras— y se vuelve como un motor oxidado que no arranca cuando lo necesitas. ¡En ese momento no tenía ganas de ser la madre de nadie!

Inesperadamente, Kurt vino a rescatarme. No me había relacionado mucho con él hasta entonces, con el argumento de que no me incumbía quién o qué era Kurt, pero cuando hablaba contigo tenía una forma de dejarte muy claro que lo que pensaba era algo muy distinto de lo que decía, y yo no estaba segura de que eso me gustara demasiado. Me parecía que si uno se comportaba así al menos no debería estar orgulloso de dejarlo tan claro. Kurt era muy delgado y delicado, vestía con mucha elegancia y tenía algo de pájaro en el cuello largo y frágil, en la cara aguileña y en el bonito plumaje. Se volvió hacia Justine, ladeó la cabeza como un pájaro y dijo:

—Pero Justine, ¿cómo van a compartir la casa con un completo desconocido?

Fue noble de su parte, Jeffers, considerando que él también era más o menos un completo desconocido, y me agradó ver mi opinión sintetizada de ese modo: me hizo sentir bastante cuerda al fin y al cabo. Y Justine, que es más buena que el pan, se lo pensó un momento y luego dijo que claro que no, que cómo íbamos a hacer eso, así que la buena educación de Kurt incluso tuvo el efecto inesperado de sacar los buenos modales de mi hija: me impresionó mucho. La única pega es que Kurt no supiera hacer eso sin poner esa cara tan falsa y taimada.

Recibimos otra breve carta de L en la que confirmaba sus planes y nos daba una fecha de llegada. Así que Tony y yo fuimos a preparar la segunda casa, con algo menos de fe esta vez, porque a esas alturas, con todo lo que había pasado, parecía demasiada suerte tener un invitado. Los cerezos volvían a ser como nubes de espuma rosa y blanca en la arboleda; la luz de primavera se levantaba como lanzas entre los troncos, y los trinos de los pájaros llegaban a nuestros oídos mientras trabajábamos. Hablamos del año casi exacto que había transcurrido desde la primera vez que hicimos los mismos preparativos para L y lo esperamos con tanta inocencia. Tony reconoció que desde entonces él también había empezado a tener ganas de que L viniese, y a mí no pudo sorprenderme más oírle decir eso ni pude ser más consciente de la debilidad fatal que es el amor, porque Tony no es dado a interferir a la ligera en el curso de las cosas, sabiendo como sabe que asumir la tarea del destino es aceptar la responsabilidad plena de sus consecuencias.

Una de las dificultades para contar lo que pasó, Jeffers, es que la narración es posterior a los hechos. Esto puede sonar imbécil de puro obvio, pero muchas veces pienso que hay tanto que decir sobre lo que uno *creía* que pasaría como sobre lo que pasó en realidad. Aunque —a diferencia del diablo— estos recelos no siempre se plasman con las mejores frases: se despachan con prisa, más o menos igual que se despachan en la vida. Si me lo propongo soy capaz de recordar lo que esperaba al conocer a L y cómo sería estar cerca de él y convivir con él una temporada. Me imaginaba una situación en cierto modo oscura, quizá porque en sus cuadros hay mucha oscuridad y porque el uso que hace del color negro es tan curiosamente enérgico y alegre. También creo que a lo largo de esas pocas semanas pensé mucho en los años terribles anteriores a conocer a Tony, cuando lo cierto es que ya no pensaba en ellos muy a menudo. Esos años empezaron, por así decir, con los cuadros de L y mi febril encuentro con ellos en París aquella mañana de sol. ¿Iba a ser esto una especie de majestuosa conclusión al mal de aquella época, una señal de que mi recuperación era ya plena?

Unos días antes de la llegada de L, estos sentimientos me llevaron a hablar con Justine con más franqueza que nunca de lo que había pasado. ¡No es que la franqueza de una madre garantice demasiado! Creo que en general a los hijos no les interesan las verdades de los padres, que se han formado hace mucho tiempo su propia opinión o han desarrollado falsas creencias y ya no hay forma de persuadirlos, porque toda su concepción de la realidad se basa en ellas. Valoro sin restricciones la negación deliberada, el autoengaño y la costumbre de no llamar a las cosas por su nombre entre los miembros de una familia, porque de ese hilo finísimo cuelga nuestra creencia en nosotros mismos. Es decir, había ciertas cosas que Justine no podía permitirse saber, y por tanto no se permitía saberlas, a pesar de que su doble motivación —estar siempre cerca de mí y seguir desconfiando de mí— se encontrara en contradicción constante.

Yo nunca he necesitado especialmente tener razón, Jeffers, ni ganar, y he tardado una barbaridad en reconocer lo rara que me hace esto, sobre todo en el terreno de la maternidad, donde la egolatría —ya sea en su vertiente narcisista o victimista— es la maestra de ceremonias. A veces he tenido la sensación de que, en mi caso, el lugar que debería haber ocupado esa egolatría lo preside un enorme vacío de autoridad. Mi actitud con Justine ha sido más o menos igual que todas mis actitudes: ha venido dictada por la terca convicción de que al final se reconocerá la verdad. El problema es que el reconocimiento puede tardar toda una vida en llegar. Cuando Justine era más joven, había en nuestra relación una sensación de maleabilidad, de proceso activo, pero ahora que ya es una mujer parece como si el tiempo se hubiera agotado de golpe y nos hubiéramos quedado congeladas en la posición que cada una ocupaba en el momento de detenerse, como ese juego en el que todos tienen que acercarse a hurtadillas al que la liga y quedarse paralizados en el instante en que este se da la vuelta. Ahí estaba Justine, la exteriorización de mi fuerza vital, inmune a nuevas alteraciones; y ahí estaba yo, incapaz de explicarle exactamente cómo había llegado a ser quien era.

Sin embargo, su relación con Kurt ofrecía una perspectiva enteramente nueva del asunto. Ya he dicho que Kurt adoptaba delante de mí la actitud del que sabe de antemano, y yo la interpretaba como la manifestación de la suma de todo lo que Justine le había contado de mí y que él no tenía derecho a saber. Al principio Kurt también trataba a Tony como un caso aparte, una especie de alienígena exótico, y tenía la desquiciante costumbre de lucir una diminuta sonrisa de luna creciente siempre que observaba a Tony ocupado en sus cosas. Tony respondía jugando la carta de la masculinidad y obligando a Kurt a seguir el palo.

—Kurt, ¿me ayudas a cargar la leña? —decía. O—: Kurt, hay que reparar la valla del campo de abajo y es tarea para dos.

—¡Claro! —asentía Kurt, con un aire ligeramente irónico, levantándose de la silla y subiéndose con cuidado los bajos de sus pantalones impecablemente planchados.

Como era de esperar, pronto desarrolló una especie de apego infantil a Tony y empezó a presumir de su habilidad y su espíritu práctico, pero Tony no iba a ponérselo tan fácil.

—Tony, ¿limpiamos los bancales del huerto? He visto

que están empezando a salir malas hierbas —decía, cuando Tony se había sentado a leer el periódico o no estaba haciendo nada.

—Ahora no —contestaba Tony, sin inmutarse lo más mínimo.

Lo que pasa, Jeffers, es que Tony se niega a ver nada como un juego, y al ser de esa manera pone de manifiesto cuánto juegan los demás y cómo toda su concepción de la vida se deriva de la subjetividad del estado de la partida. Da igual que eso a veces signifique que Tony no puede sumarse del todo a la diversión: la veleta siempre vuelve a apuntarlo a él, porque vivir es en el fondo una cosa muy seria, y en cualquier caso, sin el espíritu práctico y el sentido común de Tony, la diversión se habría agotado muy deprisa. Pero a mí me gustaba divertirme y quería divertirme, no era práctica como lo era Tony, y por eso a veces me encontraba sin nada que hacer. ¡Nada que hacer! Esa ha sido mi queja desde que vine a vivir a la marisma. Parece que paso mucho tiempo simplemente... esperando.

Decidí tratar de conocer a Kurt y topé de inmediato con un obstáculo insuperable.

—Kurt, ¿cómo es tu familia?

—Tengo la suerte de no tener una familia rota.

—¿A qué se dedica tu madre? ¿Cómo ocupa su tiempo?

—Mi madre ha llegado a lo más alto en su profesión y además ha creado una familia maravillosa. No hay nadie a quien admire más que a ella.

—¿Y tu padre?

—Mi padre montó su propio negocio y ahora tiene libertad para hacer las cosas que le gustan.

Y así hasta el infinito, Jeffers: todo comentarios positivos, y todos llevaban dentro un dardito que parecía dirigido expresamente a mí. Me sorprendió ver la mujercita servicial que era Justine con Kurt; cómo a una palabra suya dejaba lo que tuviera entre manos para salir corriendo con él. A veces, cuando los veía paseando por la arboleda o bajando a la marisma, con las cabezas juntas, me parecían casi viejos, una pareja de ancianos encogidos que evaluaban la otra orilla de la vida. ¡Ella hasta le llevaba el té a la cama por las mañanas! Pero los dos habían perdido su trabajo y necesitaban dinero, y aunque nos encantara que estuvieran aquí, mientras no tuvieran un plan vivirían de nuestra tierra y nuestro dinero, y todos lo sabíamos.

L escribió para decir que llegaría ¡en barco! Nos desconcertó un poco la noticia porque la mayoría de los barcos de pasaje de larga distancia seguían sin operar por aquel entonces, y supusimos que vendría por otros medios. Pero eso dijo. Que llegaría a la ciudad portuaria que quedaba a unas dos horas en coche de nuestra casa, al sur, y preguntó si podíamos ir a recogerlo.

—Tiene que ser un barco privado —dijo Tony, sin darle importancia.

Llegó el día, y Tony y yo subimos al coche. Hasta que volviéramos a última hora de la tarde Justine y Kurt estarían solos. Acordamos que tendrían la cena preparada para entonces, y yo me imaginé cómo sería la cena con L. El «coche» en realidad no es un coche, Jeffers, es más bien una furgoneta: un trasto viejo, como un cajón, con unas ruedas enormes que puede circular por cualquier parte o pasar por encima de cualquier cosa y por tanto es muy práctica, menos en carretera, donde empieza a temblar y a sacudirse en cuanto superas los sesenta por hora. El asiento trasero es muy estrecho, poco más que un banco, y yo ya había decidido que haría el viaje de vuelta allí detrás y dejaría que L se sentara delante con Tony. El trayecto a esa velocidad se hacía largo, y Tony y yo paramos de vez en cuando y bajamos de la furgoneta para descansar y airearnos un poco. La carretera sigue más o menos la línea de la costa y el paisaje es impresionante, todo cortado a pico, con enormes montañas verdes y redondeadas que llegan hasta el mar y bosques antiguos en sus pliegues. Hacía un día de primavera precioso, y cuando bajábamos de la furgoneta las brisas que llegaban del agua eran definitivamente balsámicas. El cielo parecía una vela azul desplegada en el aire; las olas rompían en la costa a nuestros pies, y la superficie del mar tenía ese destello que es un presagio inconfundible del verano. Qué afortunados nos sentíamos de estar allí juntos, Tony y yo: son momentos como este los que compensan en un instante la deuda de nuestro aislamiento. Ese vertiginoso paisaje verde, tan lleno de luz y movimiento, es muy distinto de la sutil llanura de nuestra marisma, a pesar de que está justo al sur, y siempre nos anima y revitaliza ir allí, aunque no vamos tanto como podríamos. No entiendo por qué, Jeffers. El patrón del cambio y la repetición está profundamente ligado a la particular armonía de la vida, y el ejercicio de la libertad está sujeto a él como una disciplina. Los cambios hay que consumirlos con moderación, como un vino fuerte. Yo era muy poco consciente de esas cosas en mi vida anterior a Tony: no tenía la menor idea de por qué las cosas acababan siendo como eran, por qué me sentía atiborrada de sensaciones y al momento volvía a estar hambrienta, de dónde venían mi soledad o mi alegría, qué decisiones eran beneficiosas y cuáles nocivas para mi salud y mi felicidad, por qué hacía cosas que no quería hacer y por qué no podía hacer lo que quería. Lo que menos entendía de todo era qué es la libertad y cómo alcanzarla. Yo la veía como un simple desabrochar un botón, una liberación, cuando en realidad —como tú bien sabes— es el dividendo generado por la obediencia continua de las leyes de la creación y su dominio. Los dedos del pianista, rigurosamente entrenados, son más libres de lo que lo será jamás el corazón esclavizado del amante de la música. Supongo que esto explica por qué los grandes artistas pueden ser personas tan horribles y decepcionantes. La vida rara vez ofrece la oportunidad o el tiempo suficiente para ser libre en más de un sentido.

Llegamos a la ciudad con tiempo suficiente, nos comimos los bocadillos sentados en el muro del puerto y luego, a la hora señalada, bajamos al muelle a buscar a L. Nos acercamos a la zona de llegadas y preguntamos qué barcos se esperaban, pero nadie parecía saber de ninguno en el que pudiera venir L. Nos preparamos para una espera larga: al no estar del todo seguros de *cómo* llegaría no esperábamos demasiada puntualidad.

Tengo que describirte la pinta que teníamos, Jeffers, para que puedas imaginar esta llegada desde el punto de vista de L. ¡Tony desde luego no es una persona nada corriente! Es muy alto, grande y fuerte, porque hace mucho trabajo manual; tiene el pelo largo y blanco, y solo se lo corta cuando a mí se me ocurre coger las tijeras. Dice que se le volvió blanco cuando aún no había cumplido los treinta. Es un pelo muy bonito y sedoso, casi femenino, con un tono ligeramente azulado. Tiene la piel oscura —es la única persona de piel oscura en muchos kilómetros a la redonda—, y de pequeño lo adoptó una familia de la marisma. No sabe nada de sus orígenes y nunca ha intentado hacer averiguaciones. Sus padres no le dijeron que era adoptado y nadie habló nunca de eso, y Tony dice que como vivían muy aislados no se dio cuenta de lo que significaba ser de distinto color que sus padres hasta que cumplió los once o doce años. He visto fotografías de indios americanos, y Tony se parece sobre todo a ellos, aunque no sé cómo es posible. Es tirando a feo más que a guapo, con esa presencia y esa dignidad que dan la fealdad, pero en conjunto es una entidad atractiva, no sé si entiendes lo que quiero decir. Tiene la cara grande y los rasgos fuertes y marcados, menos los ojos, que son pequeños y duros, como si miraran siempre algo que está muy lejos. Tiene los dientes torcidos, porque no lo llevaron al dentista de pequeño. Recuerda una infancia totalmente feliz. Creció cerca de la casa en la que vivimos ahora, y en realidad no fue al colegio, porque sus padres tenían sus propias ideas sobre educación y le enseñaban ellos mismos en casa. Tenían otro hijo biológico, un chico de la misma edad que Tony, y los niños crecieron juntos: uno blanco y otro moreno. No conozco al hermano de Tony y no sé prácticamente nada de él, aparte de que se fue de la marisma a los dieciocho años y nunca ha vuelto. Tengo la sensación de que se pelearon, pero no sé por qué. Por los pocos detalles que me ha dado, creo que Tony era el favorito de sus padres. Me pregunto cómo será adoptar a un hijo y después preferirlo al propio. En parte parece totalmente comprensible. Los padres murieron, los dos al mismo tiempo: se ahogaron, Jeffers, en una de esas crecidas del mar que arrasan a veces esta costa y que pueden pillar desprevenidos incluso a quienes conocen perfectamente el terreno. Era verano, y los dos iban juntos en su barco. El mar se levantó y se los llevó. Tony también se pasa el día en el mar con su barco, pescando o poniendo nasas para cangrejos y langostas, pero creo que en el fondo le tiene miedo.

Que yo sepa, nunca ha comprado una sola prenda de ropa, porque tanto su padre como su abuelo adoptivos eran hombres grandes y dejaron ropa suficiente para que a Tony rara vez le falte algo cuando abre el armario. De todos modos, se permite alguna excentricidad en cuestión de indumentaria: aquel día en concreto —cuando fuimos a recoger a L— llevaba un traje de tres piezas de su padre, una cazadora de tartán y un reloj de bolsillo con cadena. Con su envergadura, el pelo largo y blanco y la piel morena y curtida, seguramente llamaba la atención: yo estoy tan acostumbrada a él que no siempre me doy cuenta. En mi caso, probablemente iba vestida como siempre, de blanco o de negro, no me acuerdo. Me gusta llevar ropa suave, holgada y sin forma, que pueda ponerme o quitarme a capas, según el tiempo que haga. Nunca he entendido demasiado bien el asunto de la ropa, y tener que elegir me ha resultado siempre un concepto especialmente inmanejable, por eso fue un gran descubrimiento darme cuenta de que podía ponérmelo todo a la vez y que, si limitaba los colores al blanco y al negro, nunca más tendría que preocuparme por la estética.

Tú me conoces, Jeffers, y ese día me parecía mucho a como era antes y a como soy ahora. Siempre he tenido una actitud bastante resignada en lo que se refiere al aspecto físico, como si me pasara la vida barajando y rebarajando las mismas cartas viejas, aunque en los años difíciles, antes de conocer a Tony, perdí en peso una parte de la baraja y nunca he vuelto a recuperarla. Ese día, en el puerto, el orden de las cartas era el de mis cincuenta años. Tenía algunas arrugas en la cara, aunque no demasiadas: en un ejemplo de justicia infrecuente en el destino de los seres humanos, la piel grasa que tanta guerra me dio de joven me ha defendido de las arrugas en esta etapa de la vida. Tengo el pelo largo con algunas canas, una combinación que siempre me ha parecido horrible, como de bruja, pero el único deseo de Tony en lo que a mi aspecto se refiere ha sido siempre que no me corte ni me tiña el pelo, y al fin y al cabo es él quien lo mira. Ese día, el día de la llegada de L, recuerdo que la impresión de no haber vivido nunca en el momento de mi belleza, como si nunca la hubiera tenido, era en mí más acusada de lo normal. Siempre parecía algo que quizá pudiera alcanzar, o algo que había perdido temporalmente, o algo que perseguía: en alguna ocasión me llegó a parecer inmanente, pero nunca sentí que la tuviera en mis manos. Veo que al decir esto estoy insinuando que creo que otras mujeres sí tienen esa sensación, y no sé si eso es cierto. Nunca he llegado a conocer a otra mujer lo suficiente para saberlo, con ese conocimiento íntimo que puede tener una niña, por ejemplo, de su madre. No sé por qué me imagino a la madre entregando a la hija la perla de su belleza particular.

Volviendo al tema de la llegada de L: estábamos en la zona de llegadas, sentados en dos sillas de plástico, cuando un hombre y una mujer entraron por la puerta principal. Como esperábamos que L apareciera desde el otro lado no les prestamos mucha atención, pero luego me fijé bien y vi que el hombre tenía que ser L. Se acercó y dijo mi nombre en tono interrogativo, y yo me levanté, muy nerviosa, para darle la mano, pero justo en ese momento él se apartó a un lado para dejar sitio a la mujer y dijo:

—Esta es mi amiga Brett.

Así que terminé dándole la mano no a L, sino a la deslumbrante mujer de veintimuchos cuyo aire elegante y desenvuelto chocaban por completo con el entorno, y que me ofreció alegremente sus uñas pintadas, como si no nos estuviéramos conociendo en el fin del mundo sino en una fiesta en la Quinta Avenida. La chica empezó a hablar a borbotones, pero yo estaba tan desconcertada que en realidad no oí lo que decía, y seguía intentando ver a L, que estaba como medio escondido detrás de ella. Tony ya se había levantado. Tony nunca me ayuda nada en situaciones así: se queda parado, sin decir palabra. Pero yo no soporto ningún tipo de tensión o incomodidad social: me quedo en blanco por dentro y dejo de entender qué es exactamente lo que la gente dice o hace. Por eso no puedo contarte, Jeffers, qué dijimos en ese momento; solo que cuando le presenté a Tony a la chica —Brett—, ella se quedó pasmada y le dio el repaso más descarado que yo haya visto en mi vida. Luego hizo lo mismo conmigo, y vi que nos imaginaba juntos —sexualmente, quiero decir— y que intentaba entender y hacerse una idea de cómo sería. Tenía una boca curiosa, abierta como un buzón: la boca de un pistolero de cómic, pensé muchas veces después. En esos momentos desquiciantes capté la mirada penetrante de L, escondido y parapetado detrás de la chica. Era enjuto y bajito —más bajo que yo—, con pinta de crápula elegante: pantalones blancos con vuelta en el bajo, zapatos náuticos de cuero, una camisa azul recién lavada y un pañuelo de colores al cuello. Me sorprendió verlo tan limpio y arreglado. Tenía la piel clara y un aire travieso —no era moreno y grandote como yo me lo había imaginado—, y sus ojos, dos pepitas de cielo azul, irradiaban una luz impresionante y me deslumbraban como dos soles cada vez que se encontraban por casualidad con los míos.

Por fin conseguí sacarlos a todos del muelle y subir la cuesta hasta la furgoneta, y en el camino tuvieron tiempo de contarnos que no habían venido en barco, sino en avión privado, porque el primo de Brett era no sé quién, un multimillonario, y tenía un avión y los había acercado el día anterior y se había largado a otra parte. Habían pasado la noche en un hotel de la ciudad, lo que explicaba ese aspecto limpio y aseado que me había pillado tan desprevenida, porque a este rincón del mundo la gente suele llegar algo sucia por el esfuerzo que entraña el viaje hasta aquí. También explicaba que vinieran sin equipaje, que habían dejado en el hotel y acordamos recoger de camino. Se me hizo extraño pensar que llevaban un día y una noche en la ciudad sin que yo lo supiera: no sé por qué, Jeffers, pero me pareció que eso les daba una especie de poder o de ventaja sobre nosotros. Llegamos a la furgoneta, que es siempre una imagen tan tranquilizadora y familiar, y la miré, y miré a Tony, con su traje de tres piezas, y me asaltaron unas dudas tremendas, como un rayo capaz de atravesar el tronco de un árbol de arriba abajo y dejarlo hueco. ¡Nada era como yo lo había planeado! De repente tuve miedo de que mi fe en la vida que llevaba no resistiera, que todo lo que había construido se derrumbara y el sufrimiento volviera otra vez: en ese momento no sabía cómo me las iba a arreglar. Lo primero, evidentemente, era la presencia de la chica, de Brett, que nos pilló totalmente por sorpresa y ya estaba creando una dificultad adicional, porque acentuaba la actitud escurridiza de L. Vi inmediatamente que L iba a utilizarla como pantalla y escudo, que probablemente la había traído con esa intención, para protegerse de las circunstancias desconocidas de aquel viaje, lo que equivalía a protegerse de mí.

Debería añadir, Jeffers, que normalmente no necesito ni espero una atención especial de mis invitados, ni siquiera de L, que me interesaba desde hacía tanto tiempo y con cuyo trabajo tenía una relación personal. Pero en circunstancias como las nuestras hay ciertas condiciones necesarias, porque sin ellas pueden darse distintos abusos, y salvaguardar nuestra intimidad y la dignidad de nuestra vida era la principal y más importante. Yo tenía la impresión, por algunas cosas que había dicho en nuestra correspondencia, de que a L no le importaba aceptar favores de sus amigos y conocidos, que en muchos casos por lo visto eran ricos. Nosotros no éramos pobres, ni mucho menos, pero vivíamos con sencillez y una gran confianza en las personas de nuestro entorno: es decir, no le estábamos ofreciendo a L unas vacaciones de primera o una casa de lujo para que la utilizara como si fuera suya. Todos nuestros invitados habían entendido esto inmediatamente y de una forma natural, y había una línea invisible entre la intimidad y el estar juntos que todos respetábamos instintivamente.

Pero al ver a L, y aún más a Brett, pensé si por primera vez no habríamos invitado al cuco a nuestro nido.

Lo primero era meternos todos en la furgoneta y luego pasar por el hotel y meter también el equipaje. Traían un montón de bolsas y maletas, y Tony tardó un buen rato en decidir cómo colocarlas, mientras los demás esperábamos en la carretera buscando algo que decir. L me había dado la espalda y, con las manos en los bolsillos, miraba cómo rompían las olas mientras la brisa le hinchaba la camisa y le pegaba el pelo corto, canoso y fino a la cabeza. Me dejó con Brett, a quien para entonces yo ya había catalogado como una persona insinuante y dada a invadir el espacio físico ajeno y acomodarse en él, como un gato que primero se restriega contra tu pierna y luego te salta encima del regazo. Brett era inglesa: me acordé de que en una de sus cartas L aludía a su «amiga inglesa», y pensé si sería ella. Hablaba mucho, aunque por lo general no decía nada que diera pie a responder, y era, como ya he dicho, una belleza deslumbrante, así que la situación se parecía bastante a una performance en la que yo ocupaba el lugar del público. Tenía el pelo muy rubio, suave y ondulado, y unos rasgos exquisitos: la nariz respingona, unos ojazos castaños que llamaban la atención y esa boca extraña y violenta. Llevaba un vestido de seda estampada hecho a medida, muy ceñido en la cintura, y unas sandalias rojas de tacón muy alto: me sorprendió lo deprisa que andaba con ellas mientras subíamos la cuesta. No paraba de dar consejos a Tony sobre las maletas y de ponerse en medio, hasta que L se volvió por sorpresa y dijo bruscamente por encima del hombro:

—No te metas, Brett.

Bueno, Tony se tomó muchísimo tiempo con el equipaje, y cuando parecía que por fin podíamos irnos, de pronto negó con la cabeza, lo sacó todo y empezó desde cero. Entretanto la brisa había arreciado y empezaba a hacer frío, y pensé en el largo e incómodo camino que teníamos por delante, y en la tranquilidad y la comodidad de mi casa y mi jardín, y en que aquel podría haber sido un día agradable y corriente, y en conjunto conseguí sentirme fatal por la que había liado. Por fin subimos a la furgoneta, con L y Brett apretujados en el asiento estrecho y Tony y yo delante, y confié en el ruido del motor para que la conversación resultara imposible. En el camino alimenté la idea de que había habido una especie de accidente o colisión y la cabeza me daba vueltas con la cantidad de discordancias y sensaciones chirriantes que eso había desatado, y me invadió la sensación de apatía y muerte que tengo siempre en momentos parecidos. El perfil de Tony, impasible, con la vista en la carretera, suele ser para mí un gran consuelo cuando me pongo en ese estado, pero ese día casi empeoraba las cosas, porque no estaba segura de que L y Brett pudieran llegar a pillarle el punto a Tony ni él a ellos, y lo último que me apetecía, por si no fuera suficiente con todo lo demás, era tener que dar explicaciones a unos y otros.

No me acuerdo de muchas cosas del viaje —las he borrado—, pero sí recuerdo que en un momento dado Brett se inclinó hacia delante y me dijo al oído:

—Puedo teñirte el pelo para disimular las canas. Sé hacerlo de manera que nadie se dé cuenta.

Estaba sentada justo detrás de mí, y era evidente que había tenido tiempo de sobra para examinarme el pelo desde atrás.

—Lo tienes muy seco —añadió, y hasta me pasó los dedos para demostrarlo.

Ya te he hablado, Jeffers, de mi relación con la crítica y los comentarios y de la sensación de invisibilidad que tenía muy a menudo desde que llevaba una vida en la que rara vez se hablaba de mí. Supongo que había desarrollado una especie de alergia o exceso de sensibilidad a los comentarios: el caso es que al notar los dedos de aquella mujer en mi pelo me costó mucho no gritar y no darle un manotazo. Naturalmente, enterré estos sentimientos muy dentro de mí y me quedé quieta, como un animal que soporta la tortura en silencio, hasta que por fin llegamos a la marisma y pude bajar de la furgoneta.

Justine y Kurt lo habían hecho todo exactamente como yo esperaba: el problema era que lo que yo esperaba ya no servía. Habían encendido las velas y las chimeneas y decorado la mesa con las primeras flores de primavera de la marisma, y la casa estaba caldeada y llena de buenos olores que llegaban de la cocina. Con esa aceptación propia de la juventud no les alteró en absoluto la presencia de una persona más, y colocaron un cubierto para ella, y antes de que nos sentáramos a cenar yo acompañé a L y a Brett a la segunda casa para que se instalaran mientras Tony iba hasta allí con la furgoneta para descargar el equipaje. Me habría encantado dejarlo todo en sus manos, irme a la cama, echarme las mantas por encima de la cabeza y no tener que decir una palabra más. Pero Tony no tiene por qué ocupar mi sitio ni yo el suyo. Somos personas independientes y cada cual tiene que interpretar su papel por separado, y a pesar de lo mucho que alguna vez he deseado infringir esa ley, siempre he sabido que los cimientos de mi vida se asentaban en ella.

Cuando abrimos la puerta de la segunda casa y entramos y encendimos las luces, de repente todo me pareció pobre y sórdido, como si con su equipaje elegante, su ropa cara y su aire de estar acostumbrados al lujo L y Brett hubieran traído un criterio nuevo, un modo nuevo de mirar las cosas, y estas ya no pudieran conservar su forma. Los armarios y las estanterías de madera parecían toscos y cutres, y la luz eléctrica daba a la cocina, la mesa y las sillas un aspecto desolador. Nuestros reflejos nos miraban desde las ventanas, pues para entonces casi había oscurecido y las cortinas estaban abiertas. Las cerré, apartando los ojos de las imágenes impresas en el cristal. L echó un vistazo alrededor sin decir nada, porque no había nada que decir, pero como a esas alturas yo ya sabía que para Brett era físicamente imposible resistirse a la necesidad de hacer comentarios, no me sorprendió nada que se le escapara una risita nerviosa mientras exclamaba:

—¡Es una cabaña en el bosque sacada directamente de un cuento de terror!

Recordarás, Jeffers, que a L le llegó la fama de golpe al principio de su carrera, con menos de treinta años. Debió de ser como si le entregaran un bulto pesado y le obligaran a llevarlo a todas partes el resto de su vida. Esas cosas alteran la corriente de la experiencia y deforman la personalidad. Según me contó, se había marchado de casa de sus padres cuando todavía era un niño, a los catorce o quince años, y se había instalado en la ciudad, pero no sé cómo sobrevivió a esa época. Su madre tenía varios hijos de un matrimonio anterior, y parece que esos niños le pegaban y lo amenazaban de muerte, y por eso huyó. Su padre era su amigo y protector, pero había muerto de cáncer, creo.

Vivían en un rincón perdido del mundo, en una ciudad pequeña cercada por kilómetros y kilómetros de llanura deshabitada. Sus padres eran dueños de un matadero y la familia vivía enfrente. Entre los primeros recuerdos de L estaba el de mirar por la ventana de su dormitorio y ver a los pollos picoteando en el patio entre charcos de sangre. La violencia de sus primeros trabajos, que tanto impactó a la gente y tanto llamó la atención, y que se interpretó como una representación de la violencia social en general, probablemente tiene sus raíces en esta otra fuente mucho más primitiva e íntima. No sé si esto explica que L no volviera a ganarse nunca más el aplauso de la crítica, que esperaba que siguiera provocando, cuando en realidad él solo estaba haciendo un ejercicio de introspección. Lo cierto es que después la fama y el éxito se le hicieron un poco cuesta arriba, y siempre fueron acompañados de una sensación de reserva y decepción manifestada solo a medias; pero en parte gracias a su virtuosismo nunca perdió el prestigio ni el renombre artístico, ni siquiera con los vaivenes del mercado del arte a lo largo de los años. Sobrevivió a los cambios de gusto, y la gente se preguntaba muchas veces cómo lo conseguía, pero yo creo que fue porque desde el principio nunca quiso prostituirse.

Te cuento todo esto, Jeffers, porque fue lo que L me contó: no sé si estos datos de su infancia —si es que son datos— son de dominio público. Para mí es importante contarte solo aquello que puedo verificar personalmente, pese a la tentación de recabar otro tipo de pruebas, o de inventar, o de adornar las cosas con la esperanza de darte una imagen mejor, o, lo peor de todo, de hacer que te identifiques con mis sentimientos y mi manera de ver la situación. Es todo un arte conseguir eso, y he conocido a suficientes artistas para saber que yo no lo soy. De todos modos, también creo que existe una habilidad más general para interpretar la superficie de la vida y las formas que esta adopta, que o bien nace de las obras de los creadores o bien se transforma en la capacidad de prestarles atención y comprenderlas. Es decir, uno puede sentir una extraña cercanía con el proceso de creación cuando ve los principios del arte —o de un artista en particular— reflejados en la textura de la existencia. Esto podría explicar parte de mi compulsión por L: por ejemplo, cuando contemplaba la marisma con la sensación de que obedecía a las leyes de la luz y la percepción de L hasta el punto de que a veces parecía uno de sus cuadros, en cierto modo estaba contemplando obras de L que él no había pintado, y por tanto —supongo— las estaba creando yo. No estoy segura de cuál es el estatus moral de estas semicreaciones, que me atrevo a calificar como similar al de la influencia, y por tanto una fuerza poderosa tanto para el bien como para el mal en la esfera humana.

Me desperté temprano la mañana siguiente a la llegada de L y, al ver que el sol dorado y rosa empezaba a salir por la arboleda, me levanté, dejé a Tony dormido y salí de casa. Tenía una gran necesidad de tranquilizarme y reconectar con mi lugar en el mundo después de la agitación y las sacudidas del día anterior, y naturalmente con esa preciosa luz de la mañana nada parecía tan grave como me temía. Eché a andar por la hierba húmeda y brillante hasta el punto donde los árboles dejan paso a una vista panorámica de la marisma, justo donde está el barco viejo con la proa levantada, anhelante de mar. La marea estaba alta y el agua se había extendido mágica y silenciosamente hasta cubrir la tierra, como hacen aquí las mareas, casi como un cuerpo dormido que se da la vuelta, se estira y se abre.

Allí, al lado del barco y mirando lo mismo que yo, estaba L, y no tuve más remedio que acercarme a saludarlo, a pesar de que aún no estaba lista para el encuentro y de que iba en pijama. Pero ya sabía que esta iba a ser la pauta de mi relación con él: esta negación de mi voluntad y mi visión de los acontecimientos, este arrebatarme el control de las transacciones más íntimas, no mediante un acto de sabotaje deliberado por su parte, sino por el mero hecho de que L no se dejaba controlar. ¡Era yo quien lo había invitado a mi vida! Y de pronto, esa mañana, vi que esta pérdida de control encerraba posibilidades nuevas para mí, aunque el día anterior me hubiera enfadado y alterado y me hubiera hecho sentir fea, como si ese descontrol en sí mismo fuera un tipo de libertad.

Me oyó acercarme y se volvió y habló conmigo. No te he dicho, Jeffers, lo bajito que hablaba L: su voz era un murmullo, como el ruido de las voces en una habitación contigua; algo a medio camino entre la música y el lenguaje. Había que concentrarse para oírlo. Pero mientras hablaba, esa luz deslumbrante que irradiaban sus ojos te clavaba al suelo.

—Esto es precioso —dijo—. Estamos muy agradecidos.

Iba limpio y recién afeitado, con una camisa bien planchada y otro pañuelo de colores anudado al cuello. Su expresión de gratitud me llenó de vergüenza, como si le hubiera ofrecido un soborno y él lo hubiera rechazado cortésmente. Eso convertía su estancia aquí en algo de mi exclusiva responsabilidad, como ya he dicho. Estaba acostumbrada a que nuestros invitados encontrasen o fingieran su independencia enseguida, a que dejaran claro que eso era —egocéntricamente hablando— importante para ellos. L, en cambio, se portaba en ese momento como un niño bien educado al que han llevado a un sitio en contra de su voluntad.

—No tienes por qué quedarte —dije, o más bien me oí decir, porque yo normalmente nunca decía esas cosas.

Me miró con sorpresa, y la luz de sus ojos se apagó un segundo, pero volvió enseguida.

—Lo sé —asintió.

—No quiero gratitud —advertí—. Me hace sentir fea y mal vestida, como un premio de consolación.

Hubo un silencio.

—Muy bien —contestó, con una sonrisa traviesa.

Me quedé callada, con el pijama arrugado, el pelo revuelto y descalza; empezaba a notar el frío del rocío en los pies y tenía la sensación de que podía ponerme a llorar en cualquier momento: me venían continuamente unos impulsos extraños y violentos. Tenía ganas de tirarme al suelo y dar puñetazos a la hierba: quería experimentar una pérdida de control total, y a la vez sabía que, en mi conversación con L, ya había perdido el control.

—Creía que vendrías solo —dije.

—Ah —respondió en voz baja—. Es verdad, eso creías —como si lo único que se pudiera contestar a eso fuera que se le había olvidado avisarme—. Brett es muy maja —añadió.

—Pero eso lo cambia todo —lloriqueé.

Es difícil transmitirte, Jeffers, la sensación de intimidad que tuve con L desde aquella primera conversación, una intimidad casi familiar, como si fuéramos hermanos, casi como si compartiéramos la misma raíz. Las ganas que tenía de llorar, de dejarme llevar delante de él, como si toda mi vida hubiera sido hasta ese momento un simple ejercicio de autocontrol y retención, formaban parte de esta abrumadora sensación de reconocimiento. Tomé plena conciencia de mi falta de atractivo, una sensación que iba a acompañarme en toda mi relación con L, y creo que esto tiene cierta importancia, aunque me resulte doloroso recordarlo. Porque en realidad yo no era fea, y desde luego no lo era más entonces que en cualquier otro momento de mi vida: mejor dicho, fuera cual fuera mi valor objetivo como mujer, la poderosa sensación de fealdad y repulsión que me asaltaba no venía de un examen o una entidad externa, sino de mí misma. Era como si esta imagen interior de repente se hubiera hecho visible para otros ojos, concretamente los de L, pero también los de Brett: en aquel estado ¡me resultaba insoportable pensar en su actitud invasiva y sus insinuaciones! Comprendí que había llevado esta fealdad dentro de mí desde que tenía memoria, y que al ofrecérsela a L quizá actuara movida por la creencia de que él podía quitármela o darme la oportunidad de librarme de ella.

Visto con perspectiva creo que lo que estaba experimentando quizá solo fuera la conmoción de enfrentarme a mi propia naturaleza compartimentada. ¡A todos esos compartimentos en los que guardaba las cosas para luego decidir qué partes mostrar a otras personas que también se guardaban a sí mismas en compartimentos! Hasta entonces, Tony me parecía la persona menos dividida que había conocido nunca: como mucho había reducido los compartimentos a dos: lo que decía y hacía, y lo que no decía y hacía. Pero L me parecía el único ser totalmente integrado que se había cruzado en mi camino, y mi impulso era el de atraparlo, como a un animal salvaje al que hubiera que tender una trampa; y al mismo tiempo sabía que su naturaleza era imposible de atrapar, que tendría que acatar sus reglas en una libertad aterradora.

Empezó a hablar, apartando los ojos de mí para mirar
el agua y la marisma, y tuve que quedarme muy quieta
y hacer un esfuerzo para oír lo que decía. El sol estaba
un poco más alto y empezaba a empujar las sombras de
los árboles en la hierba, donde estábamos nosotros, y el
agua también seguía avanzando, de manera que nos quedamos como atrapados entre las dos cosas, en uno de
esos procesos de cambio casi imperceptibles que se dan
en este paisaje y que te hacen sentir partícipe de un acto
de transformación. La quietud se acentúa y el aire está
cada vez más cargado de intensidad, hasta que el mar
empieza a devolver su luz como un escudo. No soy capaz
de reproducirte las palabras de L, Jeffers: no creo que
nadie pueda llevar un registro exacto de ese tipo de conversación profunda, y me he propuesto no falsificar
nada, ni siquiera por el bien de la narración. Habló de
su hartazgo de la sociedad y su necesidad constante
de huir de ella, y del problema que esto le planteaba a
la hora de elegir un hogar. De joven no le había impor-
tado ese ligero desarraigo, dijo, y en épocas posteriores
había visto a algunos de sus conocidos crear hogares que
eran como el molde de escayola de su propia riqueza con
seres humanos dentro. Esas estructuras a veces explota-
ban y a veces simplemente asfixiaban a sus ocupantes:
él, sin embargo, nunca podía estar en ningún sitio sin
que tarde o temprano quisiera irse a otra parte. El único
lugar auténtico para él era su estudio de Nueva York, el
mismo que había tenido desde el principio. Había construido un segundo estudio en su casa de campo, pero allí
no era capaz de trabajar: se sentía como si estuviera en
un museo de sí mismo. Había tenido que vender esa casa
recientemente, me contó, y también la casa de la ciudad,

y volvía a estar como al principio: solo le quedaba su estudio original. Y por la misma razón nunca había podido construir nada permanente con otros seres humanos. Conocía en esta vida a muchas personas codiciosas que ganaban y perdían y volvían a ganar y a perder, en una secuencia tan rápida que probablemente ni siquiera se daban cuenta de que nada perduraba; y también había visto bastantes ejemplos de la podredumbre que podía ocultarse bajo esa apariencia exterior de estabilidad. Lo que le interesaba no era la sospecha de haber podido perderse algo, sino de haber sido incapaz de ver otra cosa, algo relacionado en última instancia con la realidad y con una definición de la realidad como un lugar en el que él no existía.

Se había visto obligado a volver atrás y a pensar en su infancia a la luz de esta idea, dijo, aunque sabía desde hacía mucho tiempo que los detalles concretos de su vida eran un lío del que solo necesitaba extraer la esencia y desechar lo específico. Pero estaba seguro de que había algo ahí que había pasado por alto: algo relacionado con la muerte, un elemento clave en sus primeros años. Desde el principio había sacado de la muerte el impulso necesario para vivir: incluso la muerte de los animales en el matadero, que a otro niño habría podido horrorizarle, a él le parecía siempre una nota repetida, una confirmación de su propia existencia. Suponía que la falta de emoción, el hecho de no sentirse horrorizado, se podía atribuir a la insensibilidad que resulta de la exposición reiterada a cualquier cosa, pero en este caso él estaba insensibilizado casi desde el principio. No, en la repetición de esa nota había algo distinto, una sensación de igualdad con todas las cosas que era también la capacidad de sobrevivir a todas ellas. Nada podía tocarlo mortalmente, o eso había creído siempre: no podía ser destruido, aun cuando fuera testigo de la destrucción. Había interpretado su supervivencia como libertad y había huido con ella.

Le conté que Tony también había tenido una experiencia temprana de la muerte y había reaccionado al contrario, quedándose en el mismo sitio para siempre. A mí a veces me fastidiaba este arraigo, y al principio lo interpretaba como cautela o conservadurismo, pero también me había demostrado su resiliencia en ocasiones más que suficientes para que yo lo tratara con respeto. Me costaba mucho sentir respeto por nada, dije, y me rebelaba instintivamente contra aquello que se me presentara como fijo o inamovible. En la época difícil que pasé antes de conocer a Tony, le dije, me mandaron a un psicoanalista que dibujó un mapa de mi personalidad en un papel. ¡Creyó que podía resumirla en un A-4 arrugado! El mapa era un invento suyo del que vi que se sentía orgulloso. En el centro había un pilar, que supuestamente era la realidad objetiva, del que salían disparadas un montón de flechas que luego se encontraban y cruzaban en el espacio para formar un círculo de conflicto interminable. La mitad de estas flechas obedecían al impulso de rebeldía y la otra mitad al de obediencia, con lo que el psicoanalista insinuaba que en cuanto se me obligaba a obedecer algo me rebelaba, y una vez me había rebelado sentía la necesidad urgente de obedecer de nuevo, y así vuelta a empezar una y otra vez en un inútil círculo vicioso. Su explicación le parecía genial, pero en esa época yo estaba únicamente poseída por el deseo de hacerme daño: me tenía cogida del cuello como un perro de presa. Así que dejé de ir al psicoanalista, porque vi que ese hombre no era capaz de quitarme al perro de encima. Aun así me dolió que tuviera razón en lo de la rebeldía, o eso creo que él tuvo la satisfacción de pensar.

Al cabo de unos meses, le conté a L, me encontré con el psicoanalista en la calle; se me acercó con aire de leve reproche a preguntarme cómo estaba y allí mismo, a plena luz del día, le eché una bronca. Hablé como si un dios del lenguaje me hubiera poseído en ese instante: declamaba, y las oraciones salían de mis labios formando guirnaldas de significado. Le recordé que yo, madre de una hija pequeña, había acudido a él angustiada, con miedo de destruirme, y que él no había hecho absolutamente nada por protegernos ni a mi hija ni a mí; solo había garabateado un papel y se había inventado la prueba de mis problemas con la autoridad, como si yo no tuviera pruebas suficientes de mi sufrimiento. A mitad de mi discurso, el psicoanalista levantó los brazos en señal de rendición; se había puesto completamente blanco y de repente me pareció frágil y viejo; a continuación se alejó por la acera con los brazos en alto, hasta que se vio a una distancia suficiente para dar media vuelta y echar a correr. La imagen de aquel hombre corriendo, le dije a L, con los brazos en alto en señal de rendición, se me había quedado grabada como representación de todo aquello con lo que no he sido capaz de reconciliarme. Yo no tenía forma de escapar de mi cuerpo físico. ¡Y él podía salir corriendo cuando quisiera!

L me escuchaba sin apartar los ojos brillantes de los míos y cubriéndose la boca con una mano.

—¡Qué crueldad! —dijo, pero como tenía la mano en

la boca no supe si sonreía o hacía un gesto de enfado, y tampoco a quién acusaba de crueldad.

Nos quedamos un rato callados y L reanudó entonces el relato de su infancia, como apartando educadamente mi interrupción. No creo que fuera incapaz de interesarse por los demás, porque estaba segura de que había escuchado mi historia con atención, pero él no quería jugar al juego de la empatía, que consiste en animarnos los unos a los otros a enseñar nuestras heridas. Simplemente había decidido explicarse conmigo, y lo que yo le ofreciese a cambio era cosa mía. Vi que no era la primera persona que recibía estas explicaciones: me lo imaginé, entrevistado en una galería o un escenario, contando una historia muy similar. Una persona solo habla así cuando siente que se ha ganado el derecho. ¡Y a su modo de ver, yo no me lo había ganado, o al menos no todavía!

Empezó a hablarme de una época de su infancia en que su padre cayó enfermo y a él lo mandaron a vivir una temporada con unos tíos para quitarle trabajo a su madre. Los tíos no tenían hijos y eran un par de brutos escandalosos, dijo, cuya principal diversión y motivación consistía en la desgracia del otro. Recordaba ver a su tío aullando de satisfacción y frotándose las manos cuando su tía se quemaba con el horno; y a ella partirse de risa cuando él se daba en la cabeza con el marco de la puerta; y cuando discutían y se perseguían alrededor de la mesa de la cocina con el atizador o la sartén en la mano podían llegar a hacerse sangre alegremente. No estaba seguro de que el concepto de «carácter» ilustrado por esta pareja siguiera existiendo siquiera. Eran como animales, y esto le hizo preguntarse si el carácter en sí no sería una cualidad animal de la que los seres humanos se hubieran distanciado en los tiempos modernos. Sus tíos no lo querían especialmente, aunque nunca le hicieron daño, y tampoco tenían la menor idea de cómo consolarlo en esa etapa difícil de la enfermedad de su padre: le pedían hacer su parte de trabajo manual además de los deberes, y lo cierto es que al cabo de un tiempo dejaron de mandarlo al colegio. Poco a poco L se dio cuenta de que si su padre moría mientras él estaba en casa de sus tíos, estos recibirían la noticia sin inmutarse y seguirían adelante como si nada. Puede que ni siquiera se lo dijeran, y se lo imaginaba con tanta claridad que estaba desesperado por volver a casa antes de que eso ocurriera. Consiguió irse a casa, y cuando su padre murió ya se había olvidado de sus tíos, pero más adelante volvió a asaltarlo el recuerdo de esa época que vivió entre personas para las que él no significaba nada especial y de la necesidad imperiosa que había sentido de regresar allí donde podía interpretar su papel en la historia. Esta experiencia fue un atisbo de la muerte más claro que cualquier escena sangrienta que hubiera visto hasta entonces. Descubrió que la realidad existía tanto si él estaba presente como si no.

El sol había ascendido y estaba ya encima de nosotros. Nos quedamos los dos juntos, contemplando la marisma y la belleza del día, y entonces experimenté la rara paz aunque fuera tan breve de vivir plenamente en ese instante.

—Espero que no os molestemos —añadió L—. No me gustaría nada estropearos esto.

—No veo por qué ibais a estropearlo —contesté, otra vez ofendida. ¡Cuánto me molestaba que dijera esas cosas!

—Es que tengo la sensación de que se me ha acabado la suerte. Estos últimos meses han sido muy sórdidos, aunque ya ni siquiera sé si me importa. La rueda volverá a girar. Pero tengo la sensación de estar yendo hacia atrás en el tiempo, no hacia delante. Cada día me siento más ligero. La desposesión no es tan mala.

Dije que esa era una sensación que solamente un hombre —y un hombre sin personas a su cargo— podía permitirse. Conseguí no añadir, Jeffers, que además dependía de la generosidad de gente con cargas como yo. Pero fue como si lo hubiera dicho, porque me oyó de todos modos.

—No confundas mi vida con nada que no sea una tragedia —dijo en voz baja—. Al final no soy más que un mendigo, y nunca lo había sido.

Yo no lo veía así para nada, y se lo dije. No haber nacido con cuerpo de mujer era una suerte de partida: no era capaz de ver su libertad porque no concebía hasta qué punto esencial eso habría podido anularlo. Mendigar era en sí mismo un acto de libertad: implicaba al menos una igualdad con el estado de necesidad. Mi experiencia de la pérdida, expliqué, había servido únicamente para enseñarme la inmisericordia de la naturaleza. Los heridos no sobreviven en el medio natural: una mujer nunca puede arrojarse al destino y creer que saldrá indemne. Tiene que confabularse con su supervivencia y, ¿qué revelación puede experimentar después de eso?

—Siempre he pensado que tú no necesitabas revelaciones —murmuró—. Pensaba que en cierto modo ya lo sabías.

Había en su tono un deje de sarcasmo. El caso es que

recuerdo que intentó hacer una broma con la idea de que las mujeres poseen una especie de conocimiento eterno o divino, lo que equivalía a decir que no necesitaba preocuparse por ellas.

Dijo que estaba pensando probar con el retrato mientras estuviera allí. Que el cambio de sus circunstancias le hacía ver a la gente con más claridad.

—Quería preguntarte si crees que Tony posaría para mí.

El anuncio llegó tan por sorpresa y era tan contrario a mis expectativas que lo recibí casi como un golpe. Estábamos delante del mismo paisaje que yo había mirado a través de sus ojos y en el que llevaba viendo su mano desde hacía años, ¡y él iba y me decía que quería pintar a Tony!

—A Justine también —añadió—, si crees que le puede parecer divertido.

—¡Si vas a pintar a alguien tendría que ser a mí! —protesté.

Me miró con un gesto de leve incredulidad.

—Pero es que a ti no te veo.

—¿Por qué no? —pregunté, y creo que la pregunta me salió de lo más hondo del alma porque era lo que siempre había querido y seguía queriendo preguntar, porque nunca había recibido una respuesta. Tampoco la recibí esa mañana, Jeffers, porque justo en ese momento la silueta de Brett se acercó por la hierba, poniendo fin a mi conversación con L. Traía en la mano un fardo que resultó ser toda la ropa de cama de la segunda casa y trató de dármela allí mismo, en la hierba húmeda, aunque yo fuera descalza y en pijama.

—No te lo vas a creer, pero no puedo dormir con esta

tela. Me irrita la piel. ¡Me he levantado con la cara como un espejo roto! ¿Tienes algo más suave?

Se acercó a mí, cruzando la línea que en general separa a una persona de otra cuando no se conocen estrechamente. Me pareció que tenía la piel perfecta, incluso tan de cerca, radiante de juventud y salud. Frunció la naricita y me miró a la cara.

—¿Tus sábanas son de la misma tela? Parece que te causan el mismo efecto.

L pasó por alto la flagrante impertinencia y siguió contemplando el paisaje, con los brazos cruzados, mientras yo explicaba que las sábanas de nuestra cama eran iguales y que si resultaban algo ásperas era porque estaban hechas con tejidos totalmente naturales. No podía ofrecerle otra cosa, añadí, a menos que fuera otra vez a la ciudad en que los habíamos recogido el día anterior, donde sí había tiendas. Me miró con aire suplicante.

—¿Eso es completamente imposible? —preguntó.

Total, que me largué —era increíble la capacidad de Brett para hacerte sentir físicamente atrapada incluso al aire libre—, volví a casa corriendo, me metí en la ducha y me lavé a conciencia, como con la esperanza de desaparecer cuando hubiera terminado. Después mandé a Justine y a Kurt a la segunda casa con el encargo de hacer una lista de todo lo que L y Brett pudieran necesitar y fuera posible encontrar en el pueblo más cercano, y si el tema de las sábanas volvió a plantearse yo no me enteré.

Justine tenía veintiún años esa primavera, Jeffers, la edad a la que una persona empieza a mostrarse como verdaderamente es, y en muchos aspectos empezaba a revelar que no era en absoluto quien yo creía que era, a la vez que me recordaba curiosamente a personas que yo había conocido. No creo que los padres entiendan necesariamente bien a sus hijos. Lo que vemos de ellos es lo que no pueden dejar de ser o de hacer, no aquello a lo que aspiran, y eso produce todo tipo de malentendidos. Muchos padres, por ejemplo, se convencen de que su hijo tiene un talento artístico, cuando el hijo no tiene la más mínima intención de ser artista. También en el intento de predecir cómo será un hijo se dan muchos palos de ciego: supongo que lo hacemos para que criarlos resulte más interesante, para pasar el rato como se pasa el rato con una buena historia, cuando en realidad lo único importante es que después sean capaces de salir al mundo y vivir en él. Creo que ellos lo saben mejor que nadie. Nunca me interesó demasiado el concepto de deber filial, y tampoco esperaba recibir tributos maternales por parte de Justine, y así despachamos muy deprisa estas cuestiones esenciales en nuestra relación. Me acuerdo de que cuando tenía unos trece años me preguntó cuáles creía yo que eran los límites de mis obligaciones hacia ella.

—Creo que tengo la obligación de dejar que te vayas —dije, después de pensarlo bien—, pero si eso no sale bien, creo que tengo la obligación de hacerme responsable de ti para siempre.

Se quedó un rato callada y luego asintió con la cabeza.

—Bien —dijo.

Ciertas vivencias de nuestra historia compartida me habían hecho pensar que Justine era una persona vulnerable y herida, cuando lo cierto es que su rasgo principal es la valentía. De pequeña ya había demostrado esta cualidad, y quizá por eso, Jeffers, sea más cierto decir que podemos considerar que hemos cumplido con nuestra obligación como padres sin cometer errores garrafales o hacer daño cuando la niña vuelve a manifestarse en la persona plenamente adulta. Siempre he pensado que la supervivencia de un cuadro —y lo que significa para nuestra civilización que una imagen haya sobrevivido intacta el paso del tiempo— y en cierta medida el aspecto moral de esa supervivencia —la supervivencia de lo original— atañe también a la custodia del alma humana. Hubo una época en la que perdí a Justine: nunca sabré a ciencia cierta qué le ocurrió entonces, y siempre estaba alerta a posibles señales de heridas de esa etapa. Se lo conté aproximadamente en la misma época de nuestra conversación sobre la obligación. Le dije que le debía un año de cuidados, y que podía considerarlo como una deuda formal que reclamarme en cualquier momento. ¡Incluso le escribí un pagaré en un papel! Se rio de mí, aunque con cariño, y nunca me devolvió ese papel, pero cuando volvió de Berlín con Kurt y se instaló a vivir con nosotros se me ocurrió que quizá estaba reclamando su deuda.

En el tiempo que estuvo fuera, Justine se había convertido en parte en una extraña para mí y del mismo modo que un sitio familiar puede parecer más pequeño y más nítido cuando vuelves al cabo de los años y cualquier cambio resulta chocante al principio, encontré a Justine destilada en unos aspectos y cambiada en otros de una manera sorprendente. El cambio es también pérdida, y en ese sentido un padre puede perder a su hija día a día, hasta que comprende que más le vale dejar de predecir cómo va a ser y concentrarse en lo que tiene delante. En el tiempo que Justine pasó fuera, su cuerpo pequeño y fuerte había madurado y adquirido una densidad y una agilidad que recordaban a las de un acróbata: parecía llena de una energía contenida pero equilibrada con destreza, como si en cualquier momento pudiera hacer una pirueta triunfal. Y al mismo tiempo, cuando no tenía un objetivo o algo que hacer, podía caer en una laxitud extrema, como una acróbata varada en tierra por algún motivo. Me horrorizó que se cortara el pelo, y le había dado por llevar vestidos tipo saco y ropa de faena que chocaban profundamente tanto con su ebullición física como con el espléndido vestuario de Kurt. Sospeché que estaba empeñada en la inútil tarea de agotar su feminidad, y quizá porque en secreto me temía que en parte fuese culpa mía, me tentaba la idea de dejar los residuos delante de la puerta de Kurt. La imagen de aburrimiento de la mediana edad que proyectaban parecía algo que él había buscado y que le convenía más que a ella, y muchas veces me dejaba helada con los feos o las críticas que le hacía en voz baja, igual que los padres a veces bajan la voz para criticar a sus hijos delante de otras personas, como con la intención de darse lustre. Pero Justine se comportaba como una esclava, y se ponía hecha una furia si algún giro de los acontecimientos frustraba las necesidades o las expectativas de Kurt, y yo siempre estaba un poco nerviosa conviviendo con ellos en la casa principal, por miedo a ser la causa de esa frustración sin darme cuenta.

En privado interpretaba la conducta de Justine como el resultado directo de sus sentimientos hacia su padre, que en su día a mí también me ponía nerviosa y me hacía adoptar una actitud servil, y de hecho vi que lo estaba sustituyendo por Kurt con toda naturalidad. Una mañana que estábamos juntas, Justine se puso a buscar algo en la cartera y se le cayó una fotografía pequeña. La recogí y vi que era un primer plano de ella con su padre, a quien yo llevaba años sin ver en persona. Tenían las cabezas juntas, los brazos echados al cuello del otro, y parecían muy felices; y me asombró tanto que ni siquiera sentí envidia o inseguridad, ¡solo admiración pura!

—Qué foto tan bonita con tu padre —dije, y se me pusieron los pelos de punta cuando su carcajada me rechinó en el oído.

—¡Es Kurt! —exclamó mientras guardaba la foto en la cartera.

Luego se lo contó a Kurt, y los dos volvieron a reírse de la idea de que lo hubiera confundido con el padre de Justine, aunque poco a poco yo iba tomando conciencia de que mis reparos eran más profundos de lo que cualquiera de los dos se imaginaba. Por ejemplo, cada vez que Tony le pedía a Kurt que lo ayudase fuera de casa, sentía que la protesta me saltaba inmediatamente a la garganta, como si creyera que había que proteger a Kurt de incomodidades y esfuerzos. Me pasaba lo mismo con el padre de Justine en otra época, lo que demuestra lo poco que somos capaces de cambiar en realidad. Justine, por su parte, no ponía objeción a estas peticiones, y no la ponía porque venían de Tony, según tuve oportunidad de descubrir un día que por casualidad le pedí a Kurt que ayudara a recoger la mesa y recibí de Justine aspavientos y miradas asesinas. Normalmente sospecho cuando se dice de una persona que «adora» a otra, sobre todo cuando no tiene la oportunidad de elegir a esa persona, pero lo cierto es que Justine aceptó a Tony desde el principio y confió en él; y creo que Tony no habría podido quererla más si hubiera sido hija suya. La mayoría de la gente es incapaz de experimentar ese amor desinteresado, pero Tony no tiene hijos biológicos ni parientes de sangre y puede querer a quien le apetezca. El caso es que Tony estaba decidido a que Kurt echara una mano y estuviera ocupado. Cuando le conté, humillada, mi confusión con la fotografía, dejó lo que estaba haciendo y se quedó quieto como un caimán, con los párpados entornados muchísimo rato, y vi que la similitud que había entre que yo hubiera elegido al padre de Justine y ella hubiese elegido a Kurt era evidente para Tony desde el principio.

Esa primera mañana, Jeffers, después de la llegada de L y Brett y de mi conversación con L al lado del barco, marcó el comienzo de unos días de calor atípicos en aquella época del año. Era primavera, generalmente una estación de cambios turbulentos en la que el viento, el sol y la lluvia se alternan para llevarse el invierno y germinar las cosas nuevas. En vez de eso tuvimos una racha de quietud y calor inexplicables, y las primeras flores asomaron muy pronto en la tierra desnuda mientras los árboles se llenaban precipitadamente de hojas. Paseando por la marisma vi que había zonas secas que en condiciones normales estarían enfangadas, y nubes de insectos revoloteando por todas partes, y que el aire vibraba y latía como nunca con los cantos de las aves, como si hubieran llegado de todos los rincones del mundo convocadas a un misterioso y gran encuentro anticipado.

Estaba todo tan seco que Tony, cada vez más preocupado por que algunas plantas y árboles jóvenes pudieran morir por la falta de lluvia, empezó a construir un sistema de riego con largos tramos de manguera de goma alrededor de nuestra parcela. Tenía tantos circuitos y empalmes que parecía una gigantesca red de venas, y había que hacer cientos de agujeros diminutos en la manguera para que el agua saliera en un goteo constante. Era un trabajo tedioso y difícil que tuvo a Tony ocupado muchas horas, y me acostumbré a verlo a lo lejos, en uno u otro rincón de la parcela, concentrado y con la espalda doblada. Pronto reclutó a Kurt para que lo ayudase, y entonces eran dos las figuras diminutas y encorvadas que debatían a lo lejos con el sol en la cabeza. De vez en cuando les llevaba algo de beber y tardaban una eternidad en darse cuenta de que estaba allí, enfrascados como estaban en desentrañar el mecanismo de un empalme complicado o en descubrir por qué no salía agua de una sección en particular. No podían permitirse chapuzas ni descuidos: el más mínimo error produciría un fallo en todo el sistema. Tony había plantado la mayoría de aquellos árboles y los quería a todos. ¡Qué arduo y trabajoso, Jeffers, es cuidar de tantas cosas sin engañarte ni desatenderlas en algún aspecto! Supongo que escribir un poema es algo similar.

Al principio Kurt aceptó la tarea de buena gana, pero noté que pronto se aburría. Para resistir se apoyaba más en sus buenos modales y en la leve disciplina de su educación privilegiada que en la manía del perfeccionista o la tenacidad del soldado obediente. Su carácter, el de un perro mimado y bien adiestrado, se esforzaba en aceptar el giro de los acontecimientos, que le dificultaban la tarea de encontrar un relato en el que él interpretara el papel protagonista, y como además acababa rendido al final del día, se refugió en una especie de aturdimiento inexpresivo, como si un traumatismo grave hubiera afectado a su sentido de la propia importancia. El intervalo despertó en Justine el deseo de experimentar con su poder, y Brett se mostró dispuesta y con ganas de ayudarla.

—Brett es una persona muy interesante —me dijo una tarde. Había ido a llevar provisiones a la segunda casa y tardó mucho más de lo normal en volver—. ¿Sabías que mientras estaba estudiando la carrera de medicina bailaba en el ballet de Londres?

Yo no tenía la menor idea de que Brett hubiera estudiado medicina y tampoco de que fuera bailarina profesional: lo único que sabía era que en ese preciso instante estaba clavada en mi vida como una astilla gigantesca y no veía el modo ni el momento de sacármela.

Como hacía un tiempo excepcional, Tony y yo encendíamos el fuego en la parrilla del jardín, al atardecer, y nos sentábamos a ver la puesta de sol sobre el mar mientras caía el frescor de la noche. Yo miraba las volutas de humo en el cielo, sabiendo que L las veía desde la segunda casa, con la esperanza de que sirvieran para atraerlo. Después de esa primera conversación apenas había vuelto a verlo, y todas las preguntas o peticiones de la segunda casa llegaban a través de Brett, de tal modo que no podía quedarme más claro que L se estaba escondiendo. Tony hacía un fuego más grande cada noche, como si me hubiera leído el pensamiento y quisiera ayudarme a convocar a L. La cuarta o quinta noche, justo cuando empezaba a oscurecer, por fin los vi acercarse a los dos entre las sombras de los árboles. Nos levantamos todos de un salto para recibirlos y hacerles sitio alrededor del fuego. No recuerdo de qué hablamos, solo que estaba muy atenta a los ojos de L —parecían dos linternas y se volvían cada vez más brillantes e incisivos a medida que caía el crepúsculo, como los de un animal nocturno— y también que se aseguró de sentarse lo más lejos posible de mí.

Habíamos preparado una buena jarra de un cóctel que nos íbamos pasando unos a otros, pero L no bebió: aceptó un vaso para no llamar la atención, supongo, y yo lo recogí después intacto. Nunca bebió alcohol mientras estuvo aquí, al menos que yo viese. A nosotros siempre nos gusta tomar una buena copa al final del día, Jeffers, y acostarnos con sueño y no demasiado tarde, con los pájaros: parece que encaja con nuestro modo de vida aquí. Por eso el estado de alerta de L en la oscuridad me ponía nerviosa. A pesar de todo me alegraba estar en su presencia, o más exactamente era agradable pasar un par de horas sin dar vueltas a lo que significaba su ausencia. Pero después de esa ocasión no volvió. Se quedaba en casa, y era Brett la que venía todas las noches por la arboleda, tropezando y llamándonos, y se sentaba con nosotros en el círculo, normalmente al lado de Justine. Kurt, que se había pasado el día montando el riego, se quedaba dormido delante de la parrilla antes de haberse bebido la mitad del primer cóctel: lo despertábamos para cenar, pero normalmente se iba a la cama arrastrando los pies a eso de las nueve. Justine se quedaba entonces libre, y Brett estaba allí para tomar el testigo. El caso es que el fuego con el que yo esperaba convocar lo que quería había terminado por convocar justo lo que no quería, que era la compañía de Brett.

A raíz del incidente de las sábanas yo trataba a Brett con una cordialidad no exenta de recelo cuando coincidíamos por casualidad, pero ahora que empezaba a pasar más tiempo en la casa principal me vi en la obligación de encontrar una forma más servicial de relacionarme con ella. Una tarde pasé por delante de la habitación de Justine y las oí a las dos hablando y riéndose al otro lado de la puerta. Cuando me encontré con Justine un poco más tarde, llevaba un corte de pelo nuevo —y más favorecedor— y un pañuelo de colores anudado en la cabeza que resaltaba de una manera impresionante su bonita cara.

—Brett me ha convencido para que me deje crecer el pelo —dijo, un poco avergonzada, porque yo llevaba semanas lanzándole indirectas.

Y se dejó crecer el pelo, Jeffers, toda esa primavera y ese verano, y en otoño tenía unos rizos preciosos y oscuros que le llegaban casi hasta los hombros, pero Kurt ya no estaba aquí para verlos.

Ella y Brett pronto empezaron a estar juntas a todas

horas, y como en realidad, razoné, no se llevaban tantos años, acepté a regañadientes que era natural que se hicieran amigas, aunque tuvieran personalidades tan distintas. En realidad Brett era mucho mayor, según supe más tarde, y eso quizá explicara por qué Justine se dejó influir tanto por ella y no al revés... aunque, tengo que reconocerlo, el efecto fue bueno, al menos en lo relacionado con su aspecto.

—¿Qué narices es eso? —dijo Brett, cuando vio a Justine con uno de esos vestidos tipo saco que le había dado por ponerse últimamente. Era una pregunta que yo jamás me habría atrevido a hacer—. ¿Lo has sacado del armario de la Madre Hubbard?

Así se llamaba a esos vestidos sueltos con que ciertas señoras victorianas se cubrían de los pies a la cabeza para no tener que ponerse corsé. La comparación de Brett era exagerada, aunque tampoco demasiado. Brett, naturalmente, no perdía la ocasión de presumir de cuerpo divino. Supongo que yo creía que el hecho de que Justine escondiera su cuerpo y quisiera cultivar la sencillez y la comodidad era un síntoma de vergüenza, de que no se gustaba, y también creía que hacía eso porque a mí siempre me había pasado lo mismo. Temía en lo más profundo no haber sido capaz de hacer algo que era vital para la feminidad de Justine, o peor todavía, haberle hecho sin querer lo mismo que me hicieron a mí. Yo crecí asqueada por mi aspecto físico y creyendo que la feminidad era un artilugio —como el corsé— para esconder las cosas repelentes: me resultaba tan imposible aceptar que era fea como aceptar cualquier otro tipo de fealdad. Por eso una mujer como Brett me sacaba de quicio, no solo por cómo disfrutaba exhibiéndose, sino porque me daba la impresión de que al hacerlo era capaz —sin especial malicia— de exponer a otras personas. Y así, un día que se acercó por detrás a Justine en la cocina, y, riéndose, le cogió el dobladillo del vestido y se lo levantó hasta la cabeza, dejando el cuerpo joven de mi hija en ropa interior a la vista de todo el mundo, yo estaba más que preparada para advertirle a Brett que su juego se había acabado.

—¿Cómo te atreves? —grité, que era lo que le había querido decir desde el día que nos conocimos—. ¿Quién te crees que eres?

Enseguida vi que a Justine se le escapaban unos grititos ahogados que eran una señal de que la situación le hacía gracia, pero de todos modos yo estaba enfadada y molesta, como si hubiera sido mi propia carne la que Brett hubiera dejado al descubierto sin piedad.

—Lo siento —dijo Brett, acercando demasiado su bonita cara a la mía con un gesto de arrepentimiento y poniéndome en el brazo una mano conciliadora—. ¿Me he pasado de graciosa?

—Aquí no somos exhibicionistas —contesté con rencor.

Pero Justine no se enfadó con Brett después del incidente, incluso se dejaba llamar Madre Hubbard de vez en cuando, cosa que a mí me hacía hervir por dentro, hasta que un día me di cuenta de que los vestidos saco habían desaparecido y mi hija estaba experimentando una transformación. Salí de casa una tarde de sol radiante y vi dos figuras sentadas en la hierba; al principio no reconocí a ninguna: dos mujeres jóvenes, frescas y risueñas, con las piernas y los brazos desnudos al sol, como un par de ninfas en el amanecer del mundo posadas en nuestra pradera.

—Brett quiere enseñarme a navegar —dijo Justine poco después—. ¿Crees que Tony nos dejaría el barco?

—Mejor se lo preguntas tú. ¿Estás segura de que Brett sabe bien lo que hace? Esto no es como salir en una lancha motora por el Mediterráneo. No creo que Tony se quedara tranquilo.

—¡Brett ha cruzado el Atlántico en solitario! —protestó Justine cuando puse esas objeciones—. Hasta organizaron una exposición en Nueva York con las fotos que hizo en el viaje.

Bueno, me costó mucho resistirme a desenmascarar las fantasías de Brett en ese momento y obligar a Justine a reconocer que las cosas que contaba de su vida eran descabelladas, pero parecía razonable confiar en que la verdad saldría a la luz por sí sola. Dejé que fuese Tony quien se encargara de iluminar a Brett con esa antorcha cruel, y en secreto me sentí culpable por permitir que Justine se encariñara con una persona que mentía y se magnificaba, y también enfadada al recordar que era L quien la había traído a nuestra casa sin que nadie la hubiera invitado.

—Sabe navegar —me dijo Tony, para mi gran sorpresa, después de que le insistiera en que hablase con Brett sobre el asunto del barco—. Tiene el título. Me lo ha enseñado.

Era un título internacional, Jeffers, que al parecer capacitaba al titular para patronear veleros de gran tamaño en cualquier lugar del mundo. ¡En comparación nuestro viejo batel de madera casi no contaba! A Justine siempre le había encantado salir en ese barco con Tony, pero cada vez que él había intentado enseñarle a manejarlo ella se había resistido. Creo que se podría decir que

Justine no estaba segura de que los adultos de su vida tuvieran algo que enseñarle, ni siquiera Tony. Tampoco veía la necesidad de aprender, dijo, porque le parecía improbable llegar a tener alguna vez un barco propio, y al parecer Kurt había respaldado esa opinión, camuflando su miedo de sentido común e incluso de desprecio. ¡Casi me lo imagino pensando que si Justine aprendía a navegar cualquier día podría coger un barco y largarse sin él! En esta y otras situaciones, Justine y Kurt le habían dado la espalda al riesgo y la aventura. Pero entonces vi que ella se rebelaba contra las prohibiciones, cuando en privado yo ya me había resignado tanto a ellas como al futuro en el que prometían confinar a mi hija.

Lo que intento decir, Jeffers, es que al observar cómo empezaba a separarse de Kurt y a cuestionar el control que ejercía sobre ella, lo que estaba observando de una manera extrañísima era que Justine me adelantaba, como si estuviéramos participando en una carrera celebrada en distintos momentos temporales pero sobre el mismo terreno, y en el punto en el que yo me había caído desastrosamente, ella daba un salto, superándome en fuerza y habilidad, y seguía corriendo. El parecido que veía entre Kurt y su padre era un raro producto de mi inconsciente, porque a este último yo le tenía miedo y por tanto lo veía como un personaje grande y amenazador, mientras que a Kurt lo despreciaba, por pegajoso y por débil. Pero Kurt no era débil: los hombres nunca lo son. Unos reconocen su fuerza y la utilizan para hacer el bien; otros son capaces de conseguir que su voluntad de poder resulte atractiva, y otros recurren al engaño y la connivencia para gobernar un egoísmo que a ellos mismos les asusta un poco. Dicho de otro modo, si Kurt era débil, el padre de Justine también lo había sido, y eso fue lo que me reveló el incidente de la foto. Buena parte del poder reside en la capacidad de ver cuánto están dispuestos a darte los demás. Lo que yo había tachado de debilidad en Kurt era la misma fuerza que había arrasado mi vida muchos años antes, y que incluso entonces reconocía únicamente por error.

Esas primeras semanas de la visita de L, mientras Tony instalaba el circuito de riego, Brett se metía en nuestra vida sin permiso y el calor nos tenía a todos como esclavizados, fueron una especie de interludio o entreacto, y los cambios que trajeron consigo fueron los cambios de vestuario y decorado que se hacen entre bastidores. Yo era la única espectadora en la platea: casi tenía la sensación de estar mirando por el lado contrario del telescopio, viendo las cosas desde una distancia mayor de lo normal, quizá porque nadie se fijaba especialmente en mí. Estas etapas pueden parecer un presentimiento de la muerte, hasta que uno recuerda que la razón de ser del espectáculo es la presencia del público. Pero yo era consciente de que a mi lado había un asiento vacío en el que debería estar L: creía que podríamos haber observado y comprendido juntos. La esperanza de que L no tardaría en manifestarse refrenaba mi tristeza y mi decepción.

Como estaba tan ocupado con el riego, Tony no tenía tiempo de plantar los plantones en el huerto, así que me ofrecí a hacerlo yo, a pesar de que no me gustan ese tipo de trabajos. No es por pereza, sino más bien por la sensación de que he tenido que hacer demasiadas tareas prácticas en la vida y, si añado una más al total, la balanza se desequilibrará y entonces tendré que reconocer que no he conseguido vivir como quería. El problema está en encontrar algo para ponerlo en el otro platillo: yo era muy capaz, como ya he dicho, de pasar el tiempo libre de brazos cruzados y mirando a las musarañas. Pero en cuanto alguien me pedía hacer algo ¡me sentía oprimida! Tony entendía esto perfectamente, casi nunca esperaba que yo moviese un dedo, y lo único que le fastidiaba era que no fuese capaz de emplear parte de esta necesidad de inacción en dormir más y reposar la mente. Por las mañanas me levantaba siempre de un salto y salía corriendo, llena de energía y determinación, dispuesta a construir Roma en un día, salvo porque esta otra parte de mí no me lo permitía. Tony dormía muchas horas y profundamente, y cuando se levantaba llevaba encima la balanza de sus placeres y sus obligaciones de tal modo que nunca se forzaba en exceso con ninguna de las dos cosas. Yo lo observaba llena de fascinación, Jeffers, y procuraba aprender. Preparaba el desayuno y se lo tomaba con una lentitud exasperante mientras yo devoraba el mío como un animal, tan deprisa que me lo terminaba mucho antes de saciar el hambre. Se esforzaba mucho en ciertas cosas que a mí me impacientaban, como la radio estropeada y vieja que yo quería tirar pero él estaba empeñado en arreglar, a pesar de que habíamos comprado una nueva. Le dedicó muchísimo tiempo, y tuvimos la mesa de la cocina una temporada llena de piezas sueltas, hasta que un día discutimos por eso y la radio desapareció. Unos días más tarde tuve que ir a decirle algo cuando estaba en el campo con el tractor, y mientras me acercaba entre la hierba oí con toda claridad un aria de la *Alcina* de Händel a un volumen que superaba el del motor. Había instalado la radio en el tractor para oír música mientras iba de un lado a otro.

Tony creía que yo había trabajado más de lo que en justicia me correspondía y que mi obligación en esta época de mi vida con él era disfrutar, pero no contaba con la dificultad que representaba encontrar placer y disfrute para alguien que en realidad nunca había valorado esas cosas. Pensaba que tenía que estar orgullosa de lo que había superado y lo que había conseguido y dedicarme a revolotear como una especie de abeja reina, pero a esas alturas de la vida el mundo me parecía un sitio demasiado peligroso para detenerme y felicitarme a mí misma. La verdad es que siempre di por sentado que el placer me estaba esperando, como si fuera acumulándolo en una cuenta bancaria, pero cuando fui a reclamarlo resultó que la cuenta estaba vacía. Por lo visto era un bien perecedero, y tendría que haber ido a buscarlo un poco antes.

Lo que quería ahora era un trabajo o una distracción con sentido, pero por más que lo intentaba no encontraba sentido en aquellos plantones. A pesar de todo me calcé las botas viejas, busqué la paleta y el rastrillo y, suspirando mucho, fui al huerto para ponerme manos a la obra. Justo estaba descargando las bandejas de semilleros de la carretilla cuando Brett apareció a mi lado, limpísima y preciosa, con un vestido amarillo prímula y unas sandalias plateadas que contrastaban hasta más no poder con mis botas de ogresa todas embarradas.

—¿Necesitas ayuda? —preguntó alegremente—. L está de un humor de perros esta mañana y he pensado que es mejor que me esfume.

Bueno, Jeffers, con toda la irritación que me causaba

la presencia de Brett y la sensación de que me la habían impuesto, confieso que ni una sola vez me había parado a pensar cómo se sentiría ella, rodeada de extraños y confinada con un hombre famoso por su carácter intratable y con quien tenía una relación confusa. No soy de esas mujeres que comprenden intuitivamente a otras o simpatizan con ellas, probablemente porque ni me comprendo ni simpatizo demasiado conmigo misma. Yo creía que Brett lo tenía todo, y en ese momento vi por primera vez que no tenía nada, y que su actitud invasiva y desinhibida era sencillamente su manera de sobrevivir. Se parecía a esas plantas trepadoras que necesitan agarrarse a algo que las sostenga a falta de un soporte propio y esencial.

—Eres muy amable —dije— pero no quiero que te manches ese vestido tan bonito.

—No te preocupes por eso. Es un alivio mancharse de vez en cuando.

Cogió la paleta y se arrodilló al lado de los semilleros.

—Si hacemos un surco será más fácil.

Dejé tranquilamente la tarea en sus manos y me senté sobre los talones mientras ella abría un surco de un lado a otro del huerto con destreza y pulcritud. Le pregunté si L estaba de mal humor con frecuencia y dejó lo que estaba haciendo para reírse, echando la cabeza melodramáticamente hacia atrás.

—¿Sabes lo que dice? Dice que está viviendo «el cambio».

—¿El cambio? ¿La menopausia?

—Eso dice. Aunque no creo que las mujeres sigan empleando esa palabra.

La idea me resultó interesante, Jeffers, a pesar de que

Brett se reía: me parecía muy posible que algo así pudiera pasarle a un artista, que se produjera una pérdida o una alteración de las fuentes de su potencia. ¡Ah, la amarga sensación de liberarse del deber de servir a la sangre y el destino! De dejarse llevar por los propios impulsos y verse luego abandonado: ¿por qué un artista no iba a sentir eso con más fuerza que nadie?

—Si te interesa mi opinión —añadió Brett—, lo que está cambiando no es él sino todo lo demás. Le gustaban más las cosas tal como eran antes. Está enfurruñado, nada más. Quiere recuperar todo lo que antes fingía no valorar.

El mercado del arte se había derrumbado, explicó, después de años de sobrevaloración descabellada, y había un montón de gente que iba en el mismo barco que L... Algunos incluso estaban mucho peor, porque no tenían su pedigrí. Pero otros —unos pocos— habían conservado su reputación y su fortuna intactas.

—Algunos da la casualidad de que son más jóvenes que él, y de otro color, y también hay un par de mujeres, y eso agrava su sensación de que el mundo se ha vuelto en su contra. El problema es que se siente impotente.

—Pero L *es* alguien —señalé.

Brett encogió los hombros ligeramente.

—Creo que se había hecho a la idea de una jubilación larga y lujosa como artista de prestigio. Tiene muchos amigos ricos —añadió en voz baja—. Tardaría un año entero en visitarlos a todos, y cuando hubiera terminado la ronda podría empezar de nuevo. La mayoría son personas que han invertido mucho dinero en la obra de L, y, si ahora las llamara, las encontraría a todas mirando unas paredes que han perdido de un plumazo el noventa por ciento de su valor. Creo —dijo, sacando con habilidad los plantones del semillero y empezando a formar con ellos una hilera a lo largo del surco— que esto es lo mejor que podría haberle pasado. Quedarse otra vez sin nada. Es demasiado joven para sentarse a beber martinis en la piscina de cualquiera.

Le pregunté a Brett cuántos años tenía.

—Treinta y dos —dijo, riéndose—, pero tienes que jurar que no se lo dirás a nadie.

Me contó que había conocido a L a través de su primo rico, el que los había traído hasta aquí.

—Es un tío muy chungo —dijo—. Cuando era pequeña me encerraba dentro de un armario en las fiestas familiares y me levantaba la falda para manosearme. Ahora parece un monstruo marino. Pero se hizo coleccionista, como todos. Tienen tan poca imaginación que no saben qué otra cosa hacer con el dinero. Es gracioso ver cómo se empeñan en demostrar que lo que no se puede comprar al final sí puede comprarse. Conocí a L en casa de mi primo, y luego lo convencí para que comprara un lote de dibujos que L tenía muertos de risa en el estudio, y como no entiende nada de arte, estuvo encantado de pagar un dineral por los dibujos y ya de paso nos trajo hasta aquí. Ese es el único dinero que L tiene ahora mismo.

—¿Y tú? —pregunté, horrorizada por lo que estaba oyendo.

—Bueno, yo siempre he tenido dinero. Me he pulido un montón, claro, pero tengo suficiente. Ese ha sido el problema, la falta de motivación. —Hizo una mueca y dibujó unas comillas con los dedos para recalcar las últimas palabras—. Lo que me atrajo de L es que fuera tan ácido, tan airado y rebelde, porque yo rara vez conocía a gente así en mi mundo. ¡No me pregunté qué hacía él en ese mundo!

Me dijo lo bien que le caía Justine.

—Es muy sincera —dijo—. ¿Eso ha sido cosa tuya?

Le contesté que no lo sabía. La verdad es que siempre había sido sincera con ella, pero eso no era exactamente lo mismo.

—La gente llega a cansarse del exceso de sinceridad —dije—. Hace que les entren ganas de volver a ocultar las cosas.

—¡Es verdad! —asintió—. Cuando tenía once años, estaba tan harta de que la gente me enseñara cosas que según ellos no tenía edad para ver que decidí meterme a monja. Siempre estaba decidiendo ser algo… Creo que lo hacía con la esperanza de encontrar algo que no estuviera permitido.

Me preguntó cómo había conocido a Tony y me había ido a vivir allí, y le conté la historia y que todo había ocurrido por pura casualidad. Era una cosa extraña, dije, llevar una vida que no tenía ninguna relación con nada de lo que hubiera hecho o sido antes. No había un hilo que llevase hasta Tony, ni un camino entre la marisma y el sitio donde estaba antes, por eso conocer la marisma y conocer a Tony tenía que venir de una fuente totalmente distinta. No muy lejos de allí, le conté, había una especie de archipiélago en el que el mar ha abierto unas grietas enormes en la tierra, y en las orillas contrarias de una de estas masas de agua largas y estrechas se encuentran dos aldeas que se miran la una a la otra. Se tarda varias horas por carretera en llegar de una a otra: hay que hacer muchos kilómetros tierra adentro para volver hacia el mar después, pero se ven perfectamente, hasta se ve la ropa tendida en las cuerdas. Algo de esa separación, dije, que no estaba hecha de distancia sino de impasibilidad, ilustraba en parte mi propia situación: me resultaba más familiar lo que veía que el sitio en el que estaba realmente, y por eso sabía con exactitud cómo sería estar allí, mirando hacia aquí. De lo que no estaba tan segura era de cómo sería esto. Pero sabía que había tenido suerte al conocer a Tony.

—Da miedo vivir de la suerte —dijo Brett, con cierta pena.

Y luego me preguntó, a bocajarro, ¡si creía que estaba enamorada de L!

—No —contesté, aunque la verdad, Jeffers, es que yo había empezado a hacerme la misma pregunta—. Solo quiero conocerlo.

—Ah. No estaba segura de qué era.

—¿Y tú estás enamorada de él?

—Solo soy una amiga —dijo, mientras se limpiaba la tierra de las manos y dejaba las bandejas vacías en la carretilla—. Estuvo loco por mí una temporada. Creo que pensaba que podría repararlo sexualmente, pero no puedo. En ese aspecto está acabado. A cambio estoy consiguiendo que me enseñe a pintar. Dice que tengo ciertas aptitudes. ¡Creo que esa va a ser mi siguiente profesión!

Tony me sorprendió mucho cuando anunció que iba a posar para L. Una mañana fresca y radiante se fue a la segunda casa y volvió al cabo de unas horas.

—No sé por qué ese tío no se suicida —dijo.

Le regaló a L otras dos sesiones, y luego ya no tuvo más tiempo. La costa se había llenado de repente de bancos de caballa, y Tony y los hombres salían con sus barcos a diario para después vender las capturas. Eso significaba que cenábamos caballa fresca y también que Tony estaba fuera de sol a sol.

Llegó un paquete para L, una caja grande, baqueteada y cubierta de sellos extranjeros, y como Brett y Justine se habían ido al pueblo, le llevé yo misma el paquete a L. No había vuelto a pisar la segunda casa y tampoco había visto a L a solas desde la primera mañana, cuando estuvimos charlando al lado de la proa del barco varado. Es difícil decir con exactitud lo que sentí, Jeffers, más allá de una especie de decepción anestesiada para la que no encontraba justificación. Tal vez simplemente fuera que, aunque para entonces L y Brett llevaban con nosotros algo más de tres semanas, habíamos asimilado su llegada sin ninguna sensación de beneficio. Brett navegaba alegremente por la superficie mientras L se había hundido como una piedra en aguas profundas. En realidad no habría sabido decir qué fallaba ni tampoco describir mi decepción y las expectativas que la generaban —estábamos acostumbrados a que las visitas adoptaran todo tipo de formas imprevistas—, y solo podía pensar que guardaba cierta relación con la cuestión de la gratitud que se planteó al principio, en esa primera conversación con L. Me pareció que nunca me había topado con un caso de ingratitud tan flagrante como el suyo, y recordé que sus primeras palabras habían sido para ofrecerme gratitud y que yo había rechazado el ofrecimiento.

La verdad es que la caja pesaba bastante y era incómodo llevarla cuesta arriba por la arboleda. La puerta de la segunda casa estaba abierta al sol, y me detuve en el umbral, dejé el paquete justo al otro lado y esperé un momento para recuperar la respiración. Desde donde estaba se veían las ventanas de la sala principal, y al mirarlas no pude contener una exclamación.

—¡Mis cortinas!

Las cortinas habían desaparecido: ¡solamente quedaban las barras! Al oír mi voz, L, a quien ni siquiera había visto sentado en la otra punta y de espaldas a mí, volvió la cabeza. Estaba encorvado en un taburete de madera, con un delantal grande salpicado de pintura y un lienzo en un caballete delante de él. No tenía en la mano un pincel ni otro instrumento: me pareció que simplemente estaba mirando el lienzo.

—Las quitamos —dijo—. Nos molestaban. Están a buen recaudo —y añadió entre dientes algo así como *mis cortinas*, en un tono de burla muy desagradable.

El lienzo que tenía delante representaba un terreno embarrado y confuso, con acantilados fantasmagóricos que caían como cascadas en el centro. Todo era muy tenue, como si acabara de empezar a brotar, y costaba descifrar muchas cosas, aparte de que las formas de las montañas no guardaban ninguna relación con lo que se veía por las ventanas desnudas.

—Ha llegado eso para ti —dije, señalando la caja.

Se le alegró la cara al verla, y se encendió la luz de sus ojos.

—Gracias. Te habrá costado cargar con ella.

—No soy debilucha.

—Pero eres muy pequeña —replicó—. Podrías haberte hecho daño en la espalda.

Tal vez fue su manera de hablar, poco clara y en voz baja, o tal vez mi dificultad para aceptar comentarios sobre mi aspecto físico, pero en el mismo instante en que hizo esa alusión a mi estatura me entró la duda de si de verdad había dicho eso... ¡y todavía no lo tengo claro! Eso era muy típico de él, Jeffers, ese modo de desdibujar la interfaz de lo que únicamente puedo llamar el aquí y ahora. Las cosas que en condiciones normales eran nítidas se volvían amorfas e intangibles, casi abstractas. Estar con él en un momento y un sitio determinados era todo lo contrario de estar con otras personas: como si todo hubiera ocurrido ya o fuese a ocurrir a continuación.

—Alguien tenía que traerlo —contesté.

—Lo siento. Esto es un incordio para ti.

Nos quedamos mirándonos, y si algo he aprendido de Tony es a tener cierto aguante en este tipo de enfrentamientos. Pero al final estuve dispuesta a reconocer la derrota, y ya había empezado a decir que volvía a casa cuando él preguntó:

—¿No quieres sentarte?

Me ofreció un taburete junto al suyo, pero preferí sentarme al lado de la chimenea apagada, en una silla de madera vieja, una pieza a la que me había aferrado a lo largo de toda mi vida adulta y que por motivos que ya no recuerdo había decidido poner allí, en la segunda casa. A lo mejor me recordaba demasiado la vida anterior a Tony y pensé que no encajaba en nuestra casa: fuera cual fuera la razón, me reconfortó encontrarla ese día y recordar que su existencia era anterior a todas las cosas que estaban pasando en ese momento y que continuaría existiendo en el futuro.

—A esa silla la llamamos la silla eléctrica —dijo L—. El parecido es increíble.

—Puedo llevármela si quieres —contesté con frialdad.

—No seas tonta. Era una broma.

Sin inmutarme, observé bien a L por primera vez. ¿Cómo describírtelo, Jeffers? Es muy difícil decir qué aspecto tiene la gente cuando ya la conoces; es mucho más fácil decir qué se siente al estar cerca de ella. Cuando el viento en la marisma sopla de levante todo se vuelve muy frío y hostil, aunque haga mucho calor: bueno, pues L tenía algo de viento de levante y, lo mismo que ese viento, se instalaba en un punto y se ponía a soplar. Otro rasgo suyo era que la cuestión de lo masculino y lo femenino se volvía en cierto modo teórica en su presencia, supongo que por su evidente desprecio de los convencionalismos. Es decir, que minaba las ideas automáticas que uno pudiera tener sobre los hombres y las mujeres.

Era muy menudo y bien formado. No tenía una presencia física imponente pero siempre daba la sensación de que en cualquier momento podía tener un estallido violento y dominaba constantemente sus impulsos. Se movía con cautela, como si lo hubieran herido en el pasado, aunque en realidad creo que era solo un síntoma de la edad, quizá porque se había imaginado que sería eternamente joven. Y aún parecía joven, en parte porque tenía unos rasgos muy bien dibujados, sobre todo el pronunciado arco de las cejas oscuras encima de los ojos muy abiertos y llenos de esa luz que ya he descrito. La nariz era pequeña y de aire aristocrático: la nariz de un snob. Tenía una boca bastante bonita, menuda y de labios carnosos. Había algo mediterráneo en su fisonomía: un acabado, como ya he dicho, de líneas nítidas. Iba siempre muy limpio y arreglado; no se parecía nada a como uno se imagina a un artista. Su delantal, en cambio, era repugnante, con una costra coagulada, como la bata de un carnicero. Me fijé por primera vez en que tenía los dedos de la mano izquierda ligeramente deformados: torcidos y con las puntas aplastadas.

—Un accidente que tuve de pequeño —dijo, al ver que los estaba mirando.

Sí, era un hombre atractivo, aunque en parte ilegible para mí: irradiaba una especie de neutralidad física que yo me tomaba como algo personal e interpretaba como una señal de que no me consideraba una mujer auténtica. Como ya he dicho, me hacía sentir feísima, y reconozco que ese día me había esmerado al vestirme, previendo que quizá pudiera verlo. Pero también era diminuto y reservado, para nada el tipo de hombre que a mí podía atraerme físicamente... ¡Habría podido defender mi vanidad si hubiera querido! Y en vez de eso sucumbí a un sentimiento de humillación en el que anidaba una esperanza ilógica. Quería que L fuera más de lo que era, o ser yo menos de algún modo, y como quería eso, mi voluntad se activó: el caso es que noté que entre nosotros había algo desconocido, algo que despertó una parte peligrosa de mí, la parte que creía que en realidad no había vivido. Fue esta misma parte —o un aspecto de ella— la que me empujó hacia Tony, a quien al principio tampoco supe reconocer del todo ni pensé que pudiera atraerme. Tony también me despertó, en este caso a la presencia de una imagen masculina fija dentro de mí misma con la que él no se correspondía. Para verlo tenía que recurrir a una facultad en la que no confiaba plenamente. Con el tiempo comprendí que a lo largo de toda mi vida esta imagen me había hecho reconocer a ciertas personas y considerarlas reales, mientras que a otras las ignoraba o me parecían bidimensionales. Comprendí que no podía seguir confiando en ella, y que el mecanismo de no confiar y no creer y recibir después la recompensa correspondiente sustituiría a la larga a mi confianza y mi fe: creo que era esto, más que el propio Tony y más que la distancia geográfica con respecto a mi vida anterior, lo que en gran medida contribuía a acentuar el abismo que me separaba de la persona que había sido.

Me he preguntado muchas veces, Jeffers, si los verdaderos artistas son personas que han conseguido desechar o marginar su realidad interior desde muy pronto, lo que podría explicar que una parte de ellos sepa tanto de la vida mientras que, al mismo tiempo, la otra no entiende absolutamente nada. Cuando conocí a Tony y aprendí a invalidar mi concepción de la realidad, tomé conciencia de la amplitud y la falta de discriminación con que era capaz de imaginarme cosas y de la frialdad con que podía analizar los productos de mi imaginación. La única experiencia de este fenómeno que había tenido en mi vida anterior era la intensidad con la que en cierto momento me imaginé ejerciendo algún tipo de violencia contra mí misma: supongo que fue entonces cuando mi fe en la vida que llevaba y mi incapacidad para seguir llevándola libraron una especie de duelo a muerte. Creo que vi algo en aquellos momentos, un horror o un odio a mí misma que era como el umbral de un lado oculto de mi personalidad: lo que vi era un monstruo, Jeffers, un gigante feo y arrollador, y le cerré la puerta lo más deprisa que pude, aunque no lo suficiente para evitar que me arrancara un buen pedazo. Más adelante, cuando vine a vivir a la marisma y repasé mis recuerdos, me di cuenta de la crueldad con la que me veía. Nunca he tenido tantas ganas de crear algo como entonces. Me parecía que únicamente eso —expresar o reflejar algún aspecto de la existencia— repararía la terrible certeza que al parecer había desarrollado. Había perdido la fe ciega en los acontecimientos y en la inmersión en mí misma que hasta ese momento, comprendí, me habían hecho soportable la existencia. Pensé que esa pérdida constituía nada menos que la ganancia de la autoridad de la percepción. Tenía la impresión de que había una autoridad más allá del lenguaje: estaba tan segura de poder visualizarla que hasta llegué a comprar materiales de pintura y me instalé en un rincón de la casa, pero lo que experimenté fue lo contrario de una liberación, Jeffers. En vez de eso fue como si de pronto una incapacidad total y permanente se hubiera apoderado de mi cuerpo, una parálisis en la que tendría que vivir para siempre completamente despierta.

Como dijo Sófocles, ¡qué atroz es el conocimiento de la verdad cuando la verdad no puede ayudarte!

Pero mi objetivo es ofrecerte una imagen de L: mis pensamientos sobre la realidad y la percepción son útiles exclusivamente en la medida en que ensanchaban mi torpe comprensión de quién y qué era L y cómo funcionaba su cabeza. Mi sospecha era que el alma del artista —o la parte de su alma en la que L era un artista— tiene que ser totalmente amoral y estar libre de sesgos personales. Y dado que la vida, tal como funciona, refuerza día a día nuestro sesgo personal para permitirnos aceptar las limitaciones de nuestro destino, el artista tiene que estar especialmente en guardia para evitar esas tentaciones y oír la llamada de la verdad cuando llega. Esa llamada, creo, es la cosa más fácil de pasar por alto, o mejor dicho, de ignorar. Y la tentación de ignorarla no se presenta una sola vez, sino mil veces, continuamente, hasta el final. La mayoría de la gente prefiere cuidarse antes que cuidar la verdad, y luego pasa a preguntarse cómo ha desaparecido su talento. Esto no tiene mucho que ver con la felicidad, Jeffers, aunque hay que decir que entre los artistas que he conocido los que más cerca han estado de consumar su visión son también los que más han sufrido. Y L era uno de ellos: su infelicidad lo envolvía como una densa capa de niebla. Sin embargo, yo no podía ahuyentar la sospecha de que también estaba ligada a otras cosas como su edad, el desvanecimiento de su virilidad y el cambio de sus circunstancias: dicho de otro modo, ¡L querría haberse cuidado más, no menos!

Empezó a hablar, sentado en el taburete, de una temporada que había pasado en California cuando era joven, justo después de alcanzar la primera cumbre de su temprano éxito. Se había comprado una casa en la playa, tan cerca del mar que las olas blancas y espumosas casi entraban en ella. El ruido y el movimiento hipnótico del mar producían una especie de hechizo o encantamiento que le hacía vivir el mismo día una y otra vez, hasta que perdió la conciencia del paso del tiempo. El sol caía a plomo y a la vez salía rebotado hacia el cielo en una especie de niebla espumosa, por el embate de las olas, hasta formar una pared circular de fosforescencia que era como un cuenco de luz. Vivir dentro de un cuenco de luz, fuera del mecanismo del tiempo… Eso, así lo reconoció L, era la libertad. Estaba con una chica que se llamaba Candy, y el sonido dulce y comestible de su nombre la definía: todo en ella era puro y delicioso azúcar. Pasaron todo el verano viviendo en la arena y flotando en el agua luminosa, sin apenas vestirse, y llegaron a estar tan morenos como si algo dentro de ellos se hubiera vuelto eterno, como dos figuras de arcilla cocidas en un horno. Él podía pasarse el día entero mirando a esa mujer, de pie, acostada, en movimiento, y no la dibujó ni una sola vez porque tenía la sensación de que ella le había sacado esa espina del corazón y lo había trasportado a un estado de aturdida intimidad. Ella ya era entonces la representación más exacta posible de sí misma, él se entregó como un bebé a su madre y la dulzura que recibió a cambio fue una especie de narcótico que le hizo conocer por primera vez lo que era la inconsciencia.

—Candy se fue a París —dijo, clavándome a la silla

con los ojos— y se casó con un aristócrata, y llevaba décadas sin verla ni saber nada de ella, pero la semana pasada me escribió de repente. Le pidió mis señas a mi galerista y me escribió para hablarme de su vida. Vive con su marido en un sitio perdido, en el campo, y su hija se ha instalado en la casa de París. Su hija tiene ahora la misma edad que tenía Candy cuando vivimos en la playa, y eso la había llevado a evocar aquellos meses, porque le recuerda mucho a como era ella a su edad. Dice que pensó en intentar verme pero al final decidió que no. Ha pasado demasiado tiempo y sería demasiado triste. Pero si por casualidad yo voy a París, está segura de que a su hija le encantará conocerme y enseñarme la ciudad. He estado pensando —añadió L— cómo ir a París y cómo sería conocer a esta chica. La madre renacida en la hija: es maravillosamente tentador y también absurdo. ¿Podría ser verdad?

Sonreía, con una sonrisa enorme y luminosa que daba escalofríos, y tenía los ojos en llamas: de pronto había cobrado un aire peligrosamente raro y vivo. Su historia me había parecido dolorosa y horrible, y en parte esperaba que me la hubiera contado con la intención de ser cruel, porque en caso contrario no tendría más remedio que llegar a la conclusión de que ¡estaba loco! Que un hombre envejecido que atravesaba una mala racha saliera corriendo a París con la expectativa de conocer a una recreación de su antiguo amor para recuperar mágicamente el vigor y la juventud... habría sido risible, Jeffers, si no hubiera sido tan inquietante.

—No sé cómo llegar a París —contesté con firmeza—. No sé si se puede. Tendrás que informarte.

¡Cuánto me molestó que me impusiera esa firmeza! ¿Es

que no entendía que al exhibir su libertad y la realización de sus deseos delante de mí me hacía menos libre y realizada de lo que era y estaba antes de entrar por la puerta? Se sobresaltó cuando abrí la boca, como si no esperase que le planteara una objeción tan práctica.

—Es todo absurdo —dijo en voz baja, casi para sus adentros—. Uno se harta de la realidad y luego va y descubre que la realidad se ha hartado antes de uno. Deberíamos intentar seguir siendo reales —dijo, sonriendo otra vez con aquella sonrisa atroz—. Como Tony.

Se le escapó una risita extraña, sacó el retrato de Tony de detrás del caballete y lo apoyó contra la pared para que yo lo viera. Era un lienzo pequeño, pero la figura era aún más pequeña: ¡había pintado a Tony diminuto! Lo mostraba de cuerpo entero y con una cantidad de detalles tan abrumadora, como una miniatura antigua, incluidos los zapatos, que le daba un aire insignificante y trágico a la vez. Era una crueldad, Jeffers: ¡lo había convertido en un soldadito de juguete!

—Me imagino que tú lo verás como lo vería Goya —dijo—, al alcance de la mano—. ¿O es a la distancia de un brazo?

—Nunca he visto a Tony entero de una vez —contesté—. Es demasiado grande.

—No posó el tiempo suficiente —protestó al ver que el retrato me decepcionaba, que era justo lo que yo quería expresar—. Por lo visto está muy ocupado.

Había cierta sorna en este comentario, como si acusara a Tony de darse importancia.

—Vino solo porque creía que yo quería que viniera —dije patéticamente.

—Estoy intentando encontrar algo en la figura, pero a

lo mejor no está ahí —añadió L—. Algo roto o incompleto. —Hizo una pausa—. ¿Sabes? Nunca he querido ser *pleno* o *completo*.

Observaba el retrato de Tony como si aquel trabajo representara esa plenitud que ni podía ni quería alcanzar y que por tanto era, perversamente, un fracaso. Era una consumación que delataba la fragmentación o la mutación que se estaba produciendo en su personalidad.

—¿Por qué no? —pregunté.

—Siempre me he imaginado que era como ser devorado.

—A lo mejor eres tú el que devora.

—Yo no he devorado nada —respondió tranquilamente—. Solo he dado unos cuantos mordiscos aquí y allá. No quiero que me completen. Prefiero intentar huir de lo que me persigue. Prefiero quedarme fuera, como los niños en las noches de verano, que se quedan fuera y no vuelven a casa hasta que los llaman. No quiero entrar. Pero eso significa que todos mis recuerdos están fuera de mí.

Empezó a hablar entonces de su madre, que había muerto cuando él tenía cuarenta y tantos años. Siempre la había encontrado físicamente repugnante, confesó: tenía cuarenta años cuando nació él, su quinto y último hijo. Era muy gorda y muy vulgar, mientras que su padre era pequeño y delicado. Recordaba esta sensación de que sus padres no hacían buena pareja, de que por alguna razón no encajaban. Cuando su padre se estaba muriendo, L pasaba muchos ratos solo al lado de su cama, y con frecuencia le veía heridas y otras marcas recientes en la piel que solo podía haberle hecho su madre, porque nadie más entraba en la habitación del enfermo. A veces se preguntaba si su padre no se habría muerto únicamente para alejarse de ella, pero no podía creerse que hubiera querido dejarlo tan solo. Con el tiempo vio lo mucho que había intentado apartarlo de su madre, y fue precisamente así como L empezó a dibujar: su padre siempre lo llevaba con él mientras hacía las cuentas o trabajaba en el patio, y fue a él a quien se le ocurrió que dibujara para tenerlo entretenido.

Su madre le pedía que la tocara: se quejaba de que nunca le demostraba ningún cariño. L tenía la sensación de que quería que la sirviera. Se compadecía de ella, o al menos le daba pena, pero cuando le decía que le frotara los pies o le diera un masaje en los hombros, la realidad física de su madre le revolvía las tripas. Fue así como ella le reveló que nadie le daba lo que quería. Él no contaba: para ella no existía en realidad. Tenía el recuerdo de estar delante de la ventana de la cocina, de pequeño, haciendo guirnaldas de monigotes de papel con un periódico viejo y unas tijeras grandes; su padre estaba fuera y su madre cocinando algo en el fogón. Los trozos de papel sobrantes caían al suelo como copos de nieve mientras iba recortando. Recordaba la voz de su madre diciéndole que la abrazara. De vez en cuando lo reclamaba así, como si la soledad se le hiciera de pronto insoportable. Ese día se había emocionado de una manera extraña cuando L desplegó los monigotes cogidos de la mano. No paraba de preguntar cómo lo había hecho, y L se dio cuenta de que había conseguido que ella le reconociera cierto poder porque no lo entendía.

—Recuerdo que siempre tenía miedo de que un día me comiese —añadió—. Por eso hacía cosas y se las enseñaba, para quitarle esa idea de la cabeza.

Aprendió a dibujar estudiando a los animales y su anatomía. El matadero le proporcionaba un material ilimitado: lo bueno de los animales muertos era que se quedaban quietos el tiempo que hiciera falta. Su padre miraba los dibujos con mucha atención y le daba consejos.

—A veces pienso que son los padres quienes hacen a los pintores —dijo—, mientras que los escritores son cosa de las madres.

Le pregunté por qué pensaba eso.

—Las madres son unas mentirosas. Lo único que tienen es el lenguaje. Si las dejas te atiborran de lenguaje.

A lo largo de los años, en un par de ocasiones había pensado dedicarse a escribir. Quizá así, escribiendo y uniendo las cosas que recordaba podría crear continuidad. Pero solo le sirvió para darse cuenta de que casi no se acordaba de nada. O también podía ser que recordar no le gustara tanto como se imaginaba. Cuando su padre murió él se escapó de casa y ya no volvió a ver a nadie de su familia, Jeffers. Pasó alguna que otra temporada con familias de adopción y en general estas experiencias fueron positivas. Supongo que le enseñaron a valorar la elección y el deseo por encima de la aceptación y el destino. Oyéndolo comprendí que no tenía ni una pizca de moral o sentido del deber, pero no por decisión consciente, sino más bien por una falta de algo elemental. Simplemente no concebía el concepto de obligación. Eso era lo que más me atraía de él, aunque implicara justamente que él no se dejaba atraer y aunque yo viera con claridad que de ahí solo podía surgir la catástrofe. Supongo que me hizo ver hasta qué punto había permitido que los demás definieran mi vida. ¿Puede ser que la gente como él tenga una función moral superior: la de enseñarnos de qué están hechas nuestras suposiciones y creencias? Es decir, ¿el propósito del arte se extiende al propio artista como ser vivo? Creo que sí, aunque hay algo de vergonzoso en las explicaciones biográficas, como si buscar el significado de una obra creada en la vida y el carácter de la persona que la creó fuese en cierto modo un rasgo de estupidez. Pero puede que esa vergüenza solo sea la prueba de un rasgo cultural más general de negación o represión del que el propio artista muy a menudo se ve tentado de convertirse en cómplice. Creo que L había conseguido evitar más o menos esa tentación y no tenía ninguna necesidad de disociarse de sus creaciones o reivindicarlas como algo más que el producto de una visión personal. Sin embargo, era evidente que en ese momento se había encontrado con un obstáculo insuperable para él. Según dijo él mismo, algo se le había escapado. Y, siendo incompleto como era, ¿cómo iba a encontrarlo?

—¿Por qué juegas a ser mujer? —me preguntó de pronto, con una mueca ligeramente idiota.

No me molestó que me hiciera esta pregunta, porque me pareció que era verdad. Lo que no me gustó fue que se lo tomara a broma.

—No lo sé. Creo que no sé ser una mujer. Creo que nadie me ha enseñado.

—No es cuestión de que te lo enseñen. Es cuestión de que te lo permitan.

—La primera vez que hablamos dijiste que no me veías. Entonces, a lo mejor eres tú quien no lo está permitiendo.

—Siempre intentas forzar las cosas. Como si creyeras que nunca pasaría nada si no lo hicieras tú.

—Creo que nunca pasaría nada —dije.

—No hay nadie que haya quebrado nunca tu voluntad. —Apartó los ojos de mí y miró alrededor con aire pensativo—. ¿Quién paga todo esto? —preguntó.

—La casa y el terreno son de Tony. Yo tengo algo de dinero.

—Me cuesta imaginar que ganaras tanto con tus libritos.

Esta, Jeffers, fue la primera vez que aludió a mi trabajo, si es que se puede llamar así. Hasta ese momento, que se negara a saber nada de mí había sido como si se negara a reconocer mi existencia, pero entonces entendí que lo hacía porque no le gustaba la sensación de verse obligado por mi voluntad. Por otro lado, al mismo tiempo estaba convencida de que él necesitaba mi voluntad, de que la necesitaba para superar el obstáculo que tenía delante y pasar al otro lado. ¡Nos necesitábamos mutuamente!

—Recibí algo de dinero hace unos años —le conté—. Mi primer marido, el padre de Justine, puso unas acciones a mi nombre para evadir impuestos. Luego se olvidó, y unos años más tarde, cuando ya nos habíamos divorciado, el valor de las acciones se disparó. Intentó que se las devolviera, pero mi abogado me dijo que no tenía ninguna obligación y que legalmente el dinero era mío. Así que me lo quedé.

La luz volvió a encenderse en los ojos de L.

—¿Era mucho? —preguntó.

—En la balanza de la justicia compensa más o menos lo que él me debía.

L soltó una especie de carcajada.

—Justicia —dijo—. Qué idea tan pintoresca.

Para mí fue más un final que un empate, le expliqué, el final de una carrera agotadora. Efectivamente con mis libritos, como él los llamaba, apenas había ganado dinero, en parte porque se me presentaban con poca frecuencia y solo cuando la vida había adoptado una forma ética por la que tenía que dejarme destruir totalmente antes de poder adoptarla yo misma con palabras. Entre medias había hecho trabajos de todo tipo, había vivido de nervios y adrenalina, y ahora el mayor vicio que se me ocurría era no hacer nada de nada.

—Nunca me he divertido demasiado —le dije—. He hecho otras cosas, pero eso nunca. A lo mejor es verdad lo que dices, que fuerzo las cosas, y la diversión, por naturaleza, exige no ser forzada.

Y ¿qué hizo cuando dije eso? ¡Me quedé pasmada al ver que se subía a la mesa de un salto como un gato!

—¿Nos divertimos? —propuso, retozando como un diablo con la cara en llamas mientras yo lo miraba con perplejidad. Gritó mi nombre muchas veces mientras daba pisotones en la mesa—. Venga, vamos a divertirnos un poco. ¡Vamos a divertirnos!

La verdad, Jeffers, es que no recuerdo cómo me despedí de él ese día, pero sí que volví a casa por la arboleda con una sensación que era como una herida en el pecho, una herida pesada y ligera a la vez, fresca y fatal. Me acordé entonces de lo que Tony había dicho de L y me asombró que siempre entendiera mejor que nadie cómo eran las cosas en realidad.

Kurt anunció que había decidido ser escritor. Quería empezar a escribir un libro de inmediato. Le había oído decir a un escritor que lo mejor era escribir con papel y bolígrafo, porque el movimiento muscular de la mano favorecía la construcción de las frases, y decidió seguir ese consejo. Pidió que le compraran varios bolígrafos y dos tacos de folios la próxima vez que alguien fuera a la ciudad. Le dije que podía utilizar el estudio del piso de abajo si quería, que era un sitio tranquilo y que no usaba nadie. En el estudio había una mesa de buen tamaño puesta de espaldas a la ventana: creía que la mayoría de los escritores coincidían, dije, en que era mejor no tener nada que mirar.

Como atuendo para su nueva carrera Kurt eligió una bata larga de terciopelo negro, una boina escocesa roja echada hacia atrás y, como toque final, unas alpargatas sin calcetines. Iba solemnemente al estudio calzado con esas alpargatas, un taco de folios debajo de cada brazo y los bolígrafos en el bolsillo de la bata y cerraba la puerta. Un día, al pasar por delante de la ventana, vi que había puesto la mesa mirando hacia el jardín y la arboleda, para ver y ser visto por todo el que pasara. Allí lo veías en la ventana al salir y allí volvías a verlo al entrar. Tenía una expresión muy triste, con la mirada perdida a lo lejos, y si por casualidad sus ojos se encontraban con los tuyos fingía no conocerte. Yo no estaba segura de si su intención —lejos de esconderse— no era en parte llamar la atención, en concreto la de Justine, y vigilarla al mismo tiempo, porque ella ahora pasaba mucho tiempo con Brett al aire libre. Hacían un montón de cosas juntas: ejercicio, pintar acuarelas y hasta tiro con arco con un arco de madera antiguo y precioso que Brett había encontrado en un rastrillo de la ciudad y había arreglado y limpiado, y como seguía haciendo un tiempo suave y sin viento, estaban casi siempre en el césped o a la sombra de los árboles, bajo la torva mirada de Kurt. Varias veces salieron con el barco de Tony y pasaron el día fuera mientras Kurt se quedaba en su ventana, a pesar de que lo invitaron a ir con ellas. Kurt se había convertido en una especie de icono congelado en un marco que nos reprochaba a todos nuestra trivialidad y nuestra forma de perder el tiempo.

Pasando la mayor parte del día en el estudio, Kurt se declaraba efectivamente ocupado con asuntos de un orden superior a remendar vallas o cortar el césped, y su relación con Tony se diluyó muy deprisa. Era a L a quien Kurt identificaba ahora como aliado natural. A veces los veía al caer la tarde, paseando por la arboleda y charlando, aunque no sé cómo surgieron estas conversaciones ni quien las iniciaba. Oía que Kurt le contaba a Justine que había estado hablando con L de sus respectivos oficios, y me sorprendía mucho, porque era difícil hablar con L sin rodeos y con normalidad de ningún tema, y aún menos de su trabajo. A Tony no le molestó que Kurt dejara de seguirlo a todas partes: lo que no soportaba era la idea de que no tuviera nada que hacer.

En cierto modo admiré el cambio de rumbo de Kurt, porque al menos era una especie de respuesta constructiva al cambio de Justine y su negativa a seguir interpretando el papel de mujercita. ¡Quién sabía, a lo mejor Kurt estaba escribiendo una obra maestra! Justine me preguntó tímidamente si creía que ese podía ser el caso. Le dije que desde fuera era imposible saberlo. Algunos de los escritores más interesantes podían pasar por directores de banco, mientras que el narrador más ingenioso podía volverse aburrido en cuanto reconocía la necesidad de explicar sus anécdotas una a una. Hay gente que simplemente escribe porque no sabe vivir en el momento, dije, y tiene que reconstruirlo y vivirlo después.

—Al menos se lo está tomando en serio —señalé.

—Ya ha gastado un taco de folios entero —dijo Justine—. Me ha pedido que le traiga más del pueblo.

Yo estaba preocupada por el futuro de Justine, y había algo en su reciente florecimiento y su creciente independencia que me tocaba una fibra sensible: casi me parecía que cuanto menos tenía que preocuparme por ella más triste me ponía. Había solicitado plaza en un curso en la universidad para el próximo otoño y la habían aceptado. No había dicho si Kurt iría con ella: no parecía pararse a considerarlo.

—Ha empezado a salir —me dijo Tony cuando le confesé estos sentimientos una noche, en la cama. Vi que señalaba la ventana oscura y entendí que se refería al mundo exterior.

—¡Ay, Tony, casi *querría* que se casase con Kurt y llevara una vida anodina atendiéndolo mientras él la mantiene!

—Lo que quieres es que esté a salvo —replicó Tony, y tenía toda la razón: al revelar su verdadera belleza y potencial Justine estaba algo menos segura que antes. Yo no soportaba pensar en las esperanzas y las posibilidades que podrían derivarse de esta revelación y en las consecuencias que ese deslumbramiento podía tener para ella. Estaba más segura vestida de Madre Hubbard, sin correr ningún peligro.

—Está más segura ahí fuera —afirmó Tony, señalando todavía la ventana—. Mientras cuente con tu amor. Deberías dárselo.

Se refería a dárselo como algo que pertenecía a Justine y por tanto era libre de llevarse. ¿Qué significado tenía este regalo? La verdad es que yo cuestionaba el valor de mi amor: no sabía en qué podía beneficiar a nadie. Quería a Justine de una forma autocrítica, por así decir: en cierto modo intentaba liberarla de mí misma, cuando lo que ella necesitaba era llevarse una parte de mí.

Lo pensé y me di cuenta de que el principio fundamental que había empleado en la educación de mi hija había sido sencillamente hacer con ella lo contrario de lo que habían hecho conmigo. Se me daba bien detectar estos opuestos y reconocer dónde tenía que girar a la izquierda en vez de a la derecha, y mi brújula moral me llevaba con frecuencia a escenas de mi infancia que me llenaban de sincero asombro ahora que las presenciaba al revés. Pero hay cosas que en realidad no tienen un contrario, que necesitan salir de la nada. Ese es quizá el límite de la honestidad, Jeffers, ese lugar en el que hay que crear algo nuevo, sin relación alguna con lo que había antes, y ahí con frecuencia me veía forcejeando con Justine. La cualidad que sentía que me faltaba era la autoridad, y es difícil decir qué es lo contrario de la autoridad, porque casi todo lo parece. He pensado muchas veces de dónde viene la autoridad, si es fruto del conocimiento o del carácter: es decir, si se puede aprender. La gente la reconoce cuando la ve, aun cuando no sepa decir con exactitud de qué se compone o cómo opera. Cuando Tony me decía que no era consciente de mi fuerza, puede que en realidad se refiriera a la autoridad y a su capacidad de modelar y cultivar el poder. Únicamente los tiranos desean el poder por el poder, y para la mayoría de la gente la paternidad es la única oportunidad de ejercer la tiranía. ¿Era yo una tirana que ejercía un poder amorfo sin autoridad? Lo que sentía muchas veces era una especie de miedo escénico, tal como imagino que deben sentir los profesores sin experiencia cuando se ponen delante de la clase y ven un mar de caras expectantes. Justine me había mirado así muy a menudo, como si esperase una explicación para todo, y yo luego tenía la sensación de que nunca había dado una explicación convincente, ni para ella ni para mí.

En el pasado se erizaba como un puercoespín y me atacaba con todas las púas cuando intentaba darle alguna muestra física de cariño, y eso me hizo desarrollar la costumbre de no tocarla demasiado, hasta que al final ya no sabía de quién de las dos procedía este comportamiento tan poco expresivo. De todos modos decidí empezar por ahí en la práctica de dar amor: por el acercamiento físico. Esa mañana, en la cocina, después de mi conversación con Tony, la abracé, y la primera sensación fue como abrazar un arbolito que no se mueve ni responde pero acepta el abrazo: una sensación agradable, aunque sin noción del tiempo ni estructura concreta. Lo importante es que no se apartó y me dejó que la abrazara el tiempo suficiente para comprender que tenía cierto derecho. Cuando decidió dar por terminado el abrazo, se rio un poco, se apartó y dijo:

—¿Y si adoptamos un perro?

Justine me había preguntado muchas veces por qué Tony y yo no teníamos un perro, porque la vida que llevábamos era ideal para eso, y además sabía que Tony siempre había tenido perros antes de conocerme. Al lado de nuestra cama había una foto de su favorito, un spaniel marrón que se llamaba Fetch. La verdad, Jeffers, es que yo temía que si Tony tenía un perro el animal pudiera convertirse en el centro de su atención, que le diera a él la amistad y el cariño que tendría que darme a mí. En cierto modo estaba compitiendo con esta mascota hipotética, muchas de cuyas características —lealtad, devoción, obediencia— yo creía haber demostrado ya. Por otro lado, sabía que Tony suspiraba por tener un perro, y que no confundía lo que yo le daba, fuera lo que fuera, con las recompensas y las responsabilidades de ser dueño de un animal. Interpreté esto como que no estaba del todo seguro de mi lealtad o mi obediencia, y que incluso a una parte de él le resultaba más fácil mimar a un perro que a una mujer adulta, y únicamente oírle decir que ya no quería tener un perro me habría convencido de lo contrario. Pero Tony no tenía la más mínima intención de decir eso: lo único que sabía, o estaría dispuesto a reconocer, era que yo no quería tener un perro, y por tanto el asunto estaba cerrado para él.

Si fuera psicóloga diría que el no-perro había llegado a representar el concepto de seguridad, y el hecho de que reapareciera en la escena de mi abrazo con Justine me hizo pensar que confirmaba mi suposición. Señalo esto porque ilustra cómo en cuestiones de ser y devenir un objeto puede seguir siendo el que es incluso sometido a perspectivas en conflicto. El no-perro representaba la necesitad de confiar y encontrar seguridad en los seres humanos: yo lo prefería así, pero Tony y Justine se asustaban en cuanto se olían la proposición. De todos modos, el no-perro era un hecho, al menos para Tony y para mí, aunque significara cosas distintas para cada uno. Esta realidad representaba esa frontera o esa separación entre nosotros, o entre dos personas cualesquiera, que está prohibido cruzar. Algo que resulta muy fácil para alguien como Tony y muy difícil para alguien como yo, que tiene dificultades para reconocer y respetar esas fronteras. Yo necesito llegar a la verdad de las cosas y cavar y cavar hasta sacarla a la luz dolorosamente: otra cualidad perruna. Y en vez de eso, lo único que podía hacer, desde mi lado de la frontera, era sospechar que los dos principales receptores de mi amor —Tony y Justine— anhelaban en secreto algo mudo y acrítico que los quisiera en mi lugar.

A Justine le gusta mucho la música, y a menudo, por las noches, cantaba y tocaba la guitarra cuando nos sentábamos alrededor del fuego. Siempre me ha emocionado su voz dulce y el aire penetrante y melancólico con que canta. Había estado ensayando con Brett una canción para la que había escrito una armonía, y una noche decidieron interpretarla en casa, después de cenar. Kurt anunció que aprovecharía la ocasión para leer algún pasaje del borrador de su novela. Tony y yo nos pusimos a ordenar, colocar sillas y preparar bebidas, porque yo tenía la sensación de que L quizá asistiera a la velada cultural y quería que la casa resultara acogedora, a pesar de que su comentario sobre mi empeño en jugar a ser mujer seguía resonando en mis oídos. Estaba empezando a ver que L tenía un don para conseguir que te vieras a ti misma sin margen para hacer nada con lo que veías. Mientras seguía con los preparativos me imaginé que era una persona distinta, una mujer egoísta y despreocupada que confiaba en que esas mismas cualidades garantizarían el éxito de la velada. ¡Cuánto me gustaría, a veces, ser esa persona!

A la hora señalada comprobé que mi intuición era cierta, y desde la ventana vi dos siluetas que se acercaban por la arboleda. Brett se presentó con un vestido llamativamente escueto, una especie de picardías o salto de cama que enseñaba más de lo que escondía, y esta exhibición de carne creó inmediatamente un ambiente incómodo, porque parecía parte de un juego particular entre ella y L. Estaba colorada y tenía la extraña boca de buzón abierta como un agujero negro. Había algo salvaje en su expresión, y empecé a sentir el bloqueo y el miedo que siempre se apoderan de mí en momentos de tensión social. También en los ojos de L había un brillo salvaje, y de vez en cuando se miraban el uno al otro y se reían.

Nos sentamos un rato a charlar. No sé de qué hablamos: en situaciones así nunca lo sé. Tony, sin inmutarse, preparó las bebidas y actuó como si no pasara nada raro. Brett se metió dos cócteles seguidos, que al parecer tuvieron el curioso efecto de ponerla sobria. L aceptó una copa, la dejó con fastidio en una mesa auxiliar y no volvió a tocarla. Yo miraba con frecuencia de reojo a Justine, que estaba en una butaca baja, al lado del fuego, con la guitarra encima de las rodillas y una expresión contemplativa, a pesar de que Brett, a su lado, no paraba de reírse a carcajada limpia. En un momento dado cogió la guitarra y empezó a tocar bajito y luego a tararear para sus adentros. L, como de costumbre, se había sentado lo más lejos posible de mí, y Kurt estaba a su lado. Hablaban entre ellos, o mejor dicho, L hablaba y Kurt escuchaba: L había vuelto la cabeza y le estaba diciendo algo a Kurt al oído, supongo que porque tenía esa voz tan suave y había ruido en la sala. Poco a poco la música de Justine fue ejerciendo un efecto calmante en Brett, en Tony, en mí y, cuando empezó a cantar con su voz dulce, nos callamos para escucharla. Kurt también volvió la cabeza hacia ella y L tuvo que cambiar de posición para seguir hablándole al oído. Al cabo de un rato, Kurt volvió la cabeza para escuchar a L, aunque de vez en cuando miraba a Justine con un gesto frío y extraño en los ojos; vi que su lealtad se había dividido por algún motivo y tuve la sensación de que L era el culpable.

La canción que tocaba Justine era conocida, y todos empezamos a cantar con ella, como hacíamos a menudo en esas ocasiones. Estos momentos eran muy valiosos para mí, Jeffers, porque en el fondo siempre me daba la impresión de que Justine cantaba para mí y su canción hablaba de nuestras peripecias a lo largo de los años, desde su primer día de vida hasta el presente. Y esa noche en particular la admiré más que nunca, porque me pareció que revelaba un poder desconocido para restablecer el orden legítimo de nuestra situación. Brett se había puesto un abrigo encima del picardías y cantaba con una agradable voz ronca, mientras Tony emocionaba con su voz grave y potente y yo intentaba seguir a Justine lo mejor que podía. Hasta Kurt se sumó al cabo de un rato, aunque fuera solo por costumbre. La única persona que no cantaba era L, y en ningún momento pensé que fuera porque no sabía cantar o no conociera la canción. *No quería* cantar, y no quería porque los demás estábamos cantando y su naturaleza se resistía a la coacción. Otro al menos habría hecho el esfuerzo de parecer fascinado o entretenido con la escena, pero él se limitó a poner cara de aburrimiento, como si aprovechara la ocasión para pensar en la cantidad de situaciones tediosas que se había visto obligado a soportar. De vez en cuando levantaba la vista y me miraba a los ojos, y parte de su aislamiento se volvía mío. Me invadía una extrañísima sensación de indiferencia, casi de deslealtad: incluso estando yo en mi casa y rodeada de las cosas que más quería, L tenía la capacidad de suscitarme dudas y revelar dentro de mí lo que normalmente estaba oculto. Era como si, en esos momentos, su terrible objetividad se volviera mía y me permitiera ver las cosas como de verdad eran.

No hace falta decir, Jeffers, que parte de la grandeza de L residía en su capacidad para entender las cosas que veía, y lo que a mí me desconcertaba era que, en el plano de la existencia, este entendimiento pudiera ser tan discordante y cruel. O, mejor dicho, que lo que resultaba tan liberador y gratificante en los cuadros de L se volviera tan profundamente desagradable cuando uno lo tenía delante o lo experimentaba en persona. Daba la sensación de que no se permitían excusas, explicaciones ni disimulo: L te infundía la terrible sospecha de que la vida no tiene historia, de que no hay ningún significado personal más allá del significado del momento concreto. A una parte de mí le encantaba esta sensación, o al menos la veía y la reconocía como cierta, igual que uno tiene la obligación de reconocer la oscuridad y aceptar su verdad junto a la de la luz; y en ese mismo sentido yo veía y reconocía a L. No he querido a muchas personas en mi vida: antes de Tony no había querido a nadie de verdad. Y solo entonces empezaba a querer a Justine con un amor distinto al habitual amor de madre y a verla tal como era en realidad. El verdadero amor es fruto de la libertad, y no estoy segura de que entre padres e hijos pueda darse nunca ese tipo de amor, a menos que decidan empezar desde cero como adultos. Yo quería a Tony y quería a Justine y quería a L, Jeffers, a pesar de que el tiempo que pasaba con él era por lo general amargo y doloroso, porque con la crueldad de su entendimiento me arrastraba hacia la verdad.

Brett y Justine cantaron muy bien su canción y la repitieron a petición mía, y cuando terminaron por segunda vez, Kurt se levantó con su bata de terciopelo negro y se puso delante de nosotros, y al lado de la chimenea. Tenía un taco de folios de un dedo de grosor que dejó solemnemente a mano, en una mesita, y empezó a leer sin preámbulos, en voz alta y triste, cogiendo una hoja detrás de otra de la parte superior del taco y dejándola luego boca abajo a un lado, hasta que caímos en la cuenta de que tenía la intención de leer el taco entero. Nadie se movía ni decía nada: nos convertimos en un público cautivo al ver sus intenciones... Yo no entendía cómo había podido escribir tanto en tan poco tiempo. La historia estaba ambientada en un mundo alternativo, Jeffers, con dragones y monstruos y ejércitos de seres imaginarios que luchaban eternamente unos contra otros, y había largas listas de nombres, como en algunos pasajes del Antiguo Testamento, y páginas de diálogos con ecos oraculares que Kurt leía muy despacio y con voz pomposa. Al cabo de una hora, más o menos, empecé a mirar de reojo a mi alrededor. El fuego se había apagado y Tony se había quedado dormido en la silla; Brett y Justine tenían las cabezas juntas y la expresión congelada. El único que parecía atento era L. Estaba muy quieto, con las manos en las rodillas y la cabeza ligeramente ladeada. Casi dos horas después, Kurt por fin terminó de leer el taco de folios, dejó en la mesa la última página, y con los brazos a los lados del cuerpo y la cabeza echada hacia atrás soltó un profundo suspiro. Todos nos levantamos y aplaudimos.

—Así voy por ahora —dijo en voz baja—. ¿Qué os parece?

Era la una de la madrugada y tanto si alguien tenía algo que decir como si no, no me apetecía prolongar mucho más la velada. Por educación, traté de pensar en algún comentario que hacerle, pero no estaba segura de acordarme de nada de lo que Kurt había leído. Confiaba en que al menos Justine aportaría algo, pero seguía sentada, con aire distraído y la cabeza de Brett apoyada en el hombro, como si lo que pudiera decir no estuviera bien visto decirlo en voz alta. Tony había abierto los ojos, pero nada más. L parecía muy tranquilo; estaba muy erguido y totalmente despierto, con los dedos entrelazados debajo de la barbilla. Llegó un momento en que tuve la certeza de que el silencio iba a partirse de tanta tensión, pero justo antes de que eso ocurriera L tomó la palabra.

—La verdad es que es demasiado largo —dijo, con su voz suave y pausada.

Me imaginé que Kurt en ningún momento se había planteado que la extensión fuera un elemento relevante en la producción literaria: al contrario, ¡probablemente lo había entendido como señal de que las cosas iban por buen camino!

—Tiene que ser largo —contestó Kurt, en un tono bastante inflexible.

—Pero ya ha terminado —replicó L—. Entonces, ¿por qué? ¿Por qué tiene que consumir tiempo?

—Es que la historia es así —dijo Kurt, que parecía muy desconcertado—. Esto solo es la primera parte.

L arqueó las cejas y esbozó una leve sonrisa.

—Pero mi tiempo es mío —afirmó—. Cuidado con lo que le pides aguantar a la gente.

Y dicho esto, se levantó tranquilamente, nos dio las buenas noches a todos ¡y se esfumó en la oscuridad! Kurt se quedó un momento quieto, pálido, dolido. Justine se desperezó con la intención de hacer un comentario conciliador, pero él levantó una mano para que se callara. Empezó a mirar a todas partes de una manera horrible, como si la casa estuviera llena de enemigos que lo rodeaban para atacarlo. Luego cogió el taco de folios, se lo puso debajo del brazo y también él desapareció en la oscuridad. Justine me contó después que la novela en realidad era casi una copia literal de un libro que los dos habían leído hacía unos meses: creía que en el fondo Kurt no era consciente de lo que hacía, que una vez que esas ideas se le metieron en la cabeza pensó que era él quien se estaba imaginando la historia en vez de limitarse a recordarla. Al día siguiente Kurt no estaba en la ventana del estudio. Apareció en la cocina con ropa normal y guardó las distancias con todos. Lo vi dando vueltas tristemente por el jardín y fui a buscarlo, porque a esas alturas me daba pena y pensaba que tenía que haber hecho algo más por protegerlo. ¡No sabes lo culpable que puede hacerte sentir un hombre como L, Jeffers! La verdad es que otra parte de mí había empezado a considerar la posibilidad de que Kurt desapareciera; podía llevarlo a la estación, comprarle un billete y enviarlo con su perfecta familia. Pero mi sentimiento de culpa plantó cara a este impulso, y ambos se miraban con hostilidad.

—La culpa de todo la tiene ese tío. —Para mi sorpresa, eso fue lo que me dijo Kurt cuando lo encontré sentado en una piedra, al lado del arroyo que atraviesa el huerto, como un gnomo de jardín gigante. Le pregunté si se refería a L y asintió con malestar—. Me dio consejos muy raros.

—¿Qué te dijo?

—Me dijo que dejara de ser un… un… *pusilánime*. Esa fue la palabra que empleó. No sabía qué significaba, pero lo he buscado. Me dijo que si quería que las cosas con Justine fueran mejor tenía que buscarme una amante, y que la mejor amante de todas era el trabajo. Me lo dijo porque le reconocí que creía que Justine había dejado de quererme. Así empezó todo. Me dijo que intentara escribir, que era barato y no hacía falta tener un talento especial.

—¿Qué más dijo?

—Dijo que nunca dejara que Justine supiera lo que yo

pensaba. Dijo que si Justine me trataba bien entonces yo podía tratarla bien. Pero que si no me trataba bien tenía que romperla. Dijo que tenía que quebrar su voluntad y que para eso tenía que hacer siempre lo contrario de lo que ella esperara o quisiera de mí. Es un hombre horrible. —Kurt me miró con terror—. Dice que se ha propuesto destruirte.

—¿Destruirme?

—Eso dice. Pero ¡no se lo voy a permitir!

Bueno, yo no sabía por dónde coger este arrebato, aunque reconocí lo de quebrar la voluntad de la gente. El caso, Jeffers, es que una parte de mí quería ser destruida, aunque temía que toda una realidad se desmoronara en el proceso: la realidad que compartía con personas y cosas; el conjunto de la red de actos y asociaciones que abarcaba el pasado y el futuro y que estaba obstruida por todas las pruebas del sucio e inmenso transcurrir del tiempo, pero que nunca, por algún motivo, conseguía captar el momento vivo. De lo que quería librarme era de esa parte de mí que siempre había estado ahí, y creo que esta era la esencia del sentimiento que compartía con L, tal como él mismo había explicado en nuestra primera conversación. Había una realidad superior, eso creía yo, más allá de la realidad que conocía, o detrás de ella, o debajo, y pensé que si era capaz de romperla pondría fin a un dolor que me había acompañado toda la vida. Ya no creía que esto se pudiera conseguir pensando: el psicoanalista me quitó esa idea cuando huyó de mí en la calle. Un acto de ruptura semejante requería violencia, la destrucción real de la parte que duele, igual que el cuerpo a veces requiere cirugía para curarse. Me pareció que esta era la forma que adoptaba la libertad a partir de la necesidad, la forma definitiva, cuando todos los demás intentos de alcanzarla habían fracasado. No sabía cuál era esa violencia ni cómo se podía ejercer, pero sabía que algo en la amenaza de L parecía prometerla.

Le pregunté a Kurt si quería volver a casa una temporada y, en tal caso, si quería que lo ayudara a organizar el viaje.

—No puedo dejarte sola —dijo—. Sería demasiado peligroso.

Le aseguré que estaría perfectamente, y que en caso de necesidad contaba con Tony para protegerme, pero se empeñó en que tenía que quedarse para evitar la posibilidad de mi destrucción. Ese día, poco después, Justine vino a preguntarme, muy indignada, por qué estaba tramando mandar a Kurt a casa a sus espaldas. Intenté defenderme y, entre unas cosas y otras, la pequeña estructura de amor que habíamos construido se vino abajo. Habría que volver a levantarla.

Después de conocernos, Tony me estuvo escribiendo casi a diario durante un mes o más hasta que las circunstancias me permitieron venir a verlo, pues por aquel entonces yo vivía algo lejos. Me sorprendieron mucho sus cartas, maravillosamente bien escritas y poéticas, y también la regularidad con que llegaban. Era como si se hubiera puesto a tocar un tambor sin parar y yo lo oyera a pesar de los kilómetros que nos separaban, hasta que me di cuenta de que me llamaba a mí. Las cartas de Tony me proporcionaron mi primera experiencia de satisfacción: la de ver cumplidas mis esperanzas, mis deseos más secretos, y la de encontrarme con las posibilidades de la vida. Siempre eran más frescas, más numerosas, más largas y más bonitas de lo que suponía, y nunca me decepcionaban. Si algo esperaba recibir de Tony no era ese refulgente río de palabras que me arrollaba, me regaba y empezaba a devolverme poco a poco a la vida. Desde entonces esto me ha permitido convivir con su silencio, porque sé que el río está ahí, y que solo a mí me está permitido saberlo.

A lo largo de esas extrañas semanas con L, pensé

mucho en las cartas de Tony y en la época en que empezó nuestro amor. Aunque solo fue cuestión de unos meses, esa temporada fue tan larga y luminosa que empequeñeció varias décadas de mi vida, como un edificio enorme en el centro de una ciudad que se ve a muchos kilómetros de distancia. En cierto modo, su imponente presencia lo sacó por completo del tiempo, y con esto quiero decir que el edificio sigue ahí: puedo volver y vivir en él unas horas, y parte de la razón por la que puedo hacerlo es que está construido sobre los cimientos del lenguaje. Aquí estoy levantando otro edificio, Jeffers, a partir del tiempo que pasé con L, pero no sé muy bien qué tipo de edificio es, ni siquiera si alguna vez podré volver a visitarlo. Llega un momento en la vida en que comprendes que ya no es interesante que el tiempo avance hacia delante; mejor dicho, que su manera de avanzar hacia delante ha sido el pilar central de la ilusión de la vida, y que mientras esperabas a ver qué pasaba a continuación te iban robando poco a poco todo lo que tenías. El lenguaje es lo único capaz de detener el paso del tiempo, porque existe en el tiempo, está hecho de tiempo, y además es eterno… o puede serlo. Una imagen también es eterna, pero no guarda relación con el tiempo: reniega de él, como debe ser, pues ¿cómo es posible escudriñar o abarcar en el mundo práctico el balance contable del tiempo que produjo el momento eterno de la imagen? Sin embargo, la espiritualidad de la imagen nos hace señas, como nuestra visión, con la promesa de liberarnos de nosotros mismos. En el centro de la realidad práctica de mi vida con Tony sentía de nuevo la tentación de la abundancia que emanaba de L. Pero mientras que el lenguaje de Tony había fluido hacia fuera para entrar en mí, la llamada de L era a la inversa. Era la·llamada incipiente de un misterio o un vacío.

Esta llamada había crecido muy levemente con el paso de los días, y ya empezaba a creer que había dejado de oírla definitivamente y que L volvía a ser un extraño para mí cuando, una mañana, me encontré con él por sorpresa, paseando por la marisma. Yo estaba recogiendo para la cena algunas algas comestibles de las que crecen en los canales —siempre me siento muy orgullosa de esta actividad, Jeffers, que a veces casi me parece lo único verdaderamente útil que hago—, cuando L apareció por un recodo del camino. Vestía con ropa más informal que de costumbre y tenía la cara muy colorada por el sol, y en conjunto parecía más humano y menos diablo de lo habitual. Llevaba las perneras de los pantalones remangadas y los zapatos en la mano, y me dijo que había ido hasta una de las barras de arena mientras subía la marea y había tenido que volver vadeando.

—Y luego —añadió, atropelladamente, como si todo le pareciera muy emocionante—, al volver, he oído disparos. He estado un rato mirando, pero no he visto a nadie. Me ha parecido que los disparos sonaban de uno en uno y venían de distintas partes. Y he pensado: primero casi me ahogo y ahora tengo que vérmelas con un hombre armado, o con varios. ¿Tengo que decírselo a alguien?

Mientras hablaba, una detonación fuerte que venía del campo de atrás resonó en el aire, y L se estremeció.

—Ahí está otra vez —dijo.

Le expliqué que los disparos venían de una de las pistolas de aire comprimido que los agricultores instalaban en el campo en esa época del año para ahuyentar a los pájaros de las cosechas. Yo estaba acostumbrada al ruido y no me sobresaltaba, y en ese estado casi inconsciente se me ocurrían montones de cosas cuando lo oía. A veces, le conté, me gustaba imaginar que era el ruido de un grupo de hombres malvados volándose la tapa de los sesos uno detrás de otro.

—Bueno —dijo, con una media sonrisa poco entusiasta—, los hombres malvados no hacen eso. De todos modos, es probable que si los conocieras llegaran a gustarte. El mal nunca muere. Mucho menos de remordimiento.

Tenía las pantorrillas salpicadas de barro hasta la rodilla, y le aconsejé que tuviera cuidado con las mareas, que eran peligrosas cuando no se conocía bien el camino.

—Estaba intentando encontrar el borde —dijo, mirando hacia ese punto en que el horizonte se tiende sobre el mar, difuminado y tenue—, pero no hay borde. Lo único que consigues es cansarte de la curvatura, tan lenta. Quería observar cómo se ve esto desde allí. Me he alejado mucho de la orilla, pero no hay un allí: es como si se diluyera, ¿verdad? Aquí no hay líneas de ningún tipo.

Esperé en silencio a que dijera algo más, y al cabo de un rato larguísimo, añadió:

—¿Sabes? Mucha gente se equivoca justo cuando ha dejado atrás la mitad de la vida. Ven una especie de espejismo y entran en una nueva fase de construcción, pero lo que están construyendo en realidad es la muerte. Puede que a fin de cuentas a mí también me haya ocurrido eso. De repente lo he visto, ahí —explicó, señalando hacia la forma lejana y azul de la marea en retroceso—: la ilusión de esta estructura de muerte. Ojalá hubiera visto antes cómo disolverla. No solo cómo disolver la línea, también otras cosas. Hice lo contrario, pensando que tenía que resistirme al desgaste. Cuanto más empeño ponían en crear una estructura, más fuerte era la sensación de que todo lo que me rodeaba estaba acabado. Me sentía como si estuviera creando el mundo, y creándolo mal, cuando en realidad lo único que estaba creando era mi propia muerte. Pero no hay por qué morir. La disolución parece la muerte, pero en realidad es justo lo contrario. Al principio no supe verlo.

Cuando dijo estas cosas, Jeffers, me entró un escalofrío de justificación: ¡sabía que él lo comprendería! Era una mañana ventosa y gris, y la marisma presentaba su cara menos misteriosa con esa luz corriente y torva. Parecía casi una cuestión técnica y era precisamente esa parte práctica y técnica la que me alegraba el corazón, porque me confirmaba que L y yo veíamos lo mismo. He visto la marisma en momentos tan sublimes —bajo ciertos estados de ánimo, luz y condiciones meteorológicas— que me ha exprimido hasta la última gota de emoción, pero con sus colores más planos, como esa mañana, su realidad es incuestionable. Que yo supiera, L no había pintado la marisma hasta entonces, pero dijo que la etapa de los retratos casi había terminado. El problema, explicó, era que no había gente suficiente en la zona, aparte de trabajadores demasiado ocupados para posar. No entendía cómo no se había dado cuenta desde el principio. Había pintado a Tony, a Justine y a Kurt, así que prácticamente había agotado el repertorio, a menos que pudiera ir al pueblo y secuestrar algún modelo.

—He pensado pintar gente que ya no está aquí —dijo—. La idea me asquea. Pero si pudiera sobreponerme al asco...

Le recordé que aún le quedaba un modelo humano por probar: ¡yo! Ya me había dicho que no me veía, pero nunca me había explicado por qué, y yo era muy consciente de que conmigo siempre evitaba la cercanía física. En las novelas románticas, que una persona evite a otra se utiliza a menudo como recurso en la trama amorosa, dando a entender que ciertas personalidades delatan lo que desean fingiendo que lo desprecian. ¡Qué optimistas y trágicas fantasías representan los autores de estas tramas sin ningún rubor! Yo no me engañaba pensando que L intentaba reprimir su atracción por mí, pero sí me parecía curioso que yo representara un obstáculo tan grande para él. Casi llegué a preguntarme si retirar ese obstáculo lo ayudaría a seguir adelante, y por eso no me daba demasiada vergüenza proponer que me pusiera en un marco, como había hecho con Tony. Esta impresión se había visto reforzada aquel día en el jardín, cuando Kurt dijo que L quería destruirme. ¿Por qué no me explicaba sin más qué motivos tenía para querer destruirme?

No respondió enseguida a mi comentario, sino que se quedó un rato cruzado de brazos, con la cara vuelta hacia el viento y la luz dura y plana, como si la incomodidad le consolara. Pintar a la gente, dijo por fin, era un acto tanto de análisis como de idolatría en el que —al menos para él— había que conservar a toda costa la frialdad de la distancia. Por esta razón siempre le habían fastidiado especialmente los artistas que retrataban a sus hijos. Cuando la gente se enamora, dijo, experimenta esta frialdad como el mayor de los escalofríos; es la fascinación por un modelo que todavía se percibe como distinto de uno mismo. Cuanto más familiar se vuelve el ser amado, menos se siente ese escalofrío. La veneración, dicho de otro modo, es anterior al conocimiento, y en la vida esto representa el momento inicial de pérdida o abandono total de la objetividad, seguido de una buena dosis de realidad mientras se revela la verdad. Un retrato es más bien una especie de acto promiscuo, dijo, en el que finalmente coexisten la frialdad y el deseo, y requiere cierta dureza de corazón: por eso había pensado que era el camino que le convenía seguir en ese momento. Por muy promiscuo que se hubiera permitido ser de joven, en realidad se engañaba, porque con el paso de los años el endurecimiento de su corazón era de una magnitud diferente. La cualidad que ahora le atraía era la indisponibilidad, la profunda indisponibilidad moral de algunas personas, de tal modo que conseguirlas equivalía en realidad a robar y violar —o al menos experimentar— su parte intocable. De un tiempo a esta parte se asqueaba fácilmente, estaba asqueadísimo y le bastaba con muy poco para verse desbordado, y a veces se preguntaba si no habría llegado por fin la hora de que su infancia —años y años de guardarse el asco— le pasara factura. Fuera cual fuera la razón, dijo, esa cualidad de lo intocable era el antídoto de la repugnancia que lo asaltaba cada vez que notaba el hedor de la familiaridad humana.

Mientras lo escuchaba, había crecido dentro de mí una despreciable sensación de total rechazo y desamparo, porque entendía que lo que subyacía a sus explicaciones era que mi cuerpo de mujer consumido le asqueaba, y por esa razón guardaba las distancias conmigo, ¡hasta el punto de no poder sentarse a mi lado!

—A lo mejor te sorprende, pero yo también estoy buscando el modo de disolverme —dije con indignación y los ojos llenos de lágrimas—. Por eso quería que vinieras. No eres el único que se siente así. No puedes borrarme sin más, porque te asquee verme: ¡soy tan intocable como cualquiera! No existo para que tú me veas, así que no te engañes con eso, porque soy yo la que intenta liberarse de cómo me ves. Te sentirías mejor si pudieras ver lo que soy en realidad, pero no puedes. Tu visión es una especie de asesinato, y no voy a dejar que me asesinen más.

¡Y hundí la cara entre las manos y me puse a llorar!

Bueno, esa mañana aprendí que al margen de lo perverso y cruel que un artista se permita ser a escala humana, por dentro una parte de él aún es capaz de mostrar piedad: o, mejor dicho, que cuando esa parte desaparece, también se esfuma su arte. La mayor prueba que puede pasar una persona es la prueba de la compasión. ¿Es eso cierto, Jeffers? El caso es que L fue muy amable conmigo esa mañana, incuso me abrazó y me dejó llorar en su pecho mientras me acariciaba el pelo y me decía:

—Vamos, vamos, cielo. No llores —con una voz tan dulce y suave que me hacía llorar más todavía.

La cercanía física me alteró mucho, porque el hecho de que pudiéramos tocarnos, aunque fuera por accidente, había llegado a parecer algo casi prohibido. Esto hizo que la cuestión del asco, que yo había intentado esconder, surgiera de nuevo, solo que esta vez tuve la sensación de que era yo quien sentía asco de él. A lo mejor es que L tenía —y quién sabe si no les pasa lo mismo a todos los hombres— una sola manera de tocar a una mujer, en la que sus naturalezas automáticas se activan involuntariamente. Yo no quería ese contacto automático y defectuoso. Me separé de él en cuanto pude y me senté en la hierba, con la cabeza apoyada en las rodillas, a llorar un poco más. Al cabo de un rato, L se sentó a mi lado, y en el silencio cobraron nitidez las relajantes vistas y los sonidos de la marisma, la hierba ondulante y salpicada de mariposas, el rumor del mar a lo lejos, la cadencia evanescente de los trinos de los pájaros y las voces de los gansos y las gaviotas.

—Es un gusto sentarse a contemplar este mundo amable —dijo L—. Podemos hartarnos de mirar.

Entonces empecé a hablarle de aquella mañana de sol en París, muchos años antes, cuando me encontré esas salas llenas de cuadros, y de lo que me hicieron sentir, de la familiaridad que aquellas imágenes despertaron en mí, como si de repente hubiera descubierto mis verdaderos orígenes. Me hicieron sentir que no estaba sola en lo que hasta entonces había guardado como un secreto. El reconocimiento de ese secreto en su obra, dije, me hizo cambiar el rumbo de mi vida, porque de pronto el secreto parecía más poderoso que las cosas que lo ocultaban. Pero el cambio había sido mucho más difícil y violento de lo que me esperaba, y por momentos llegué a creer que había tomado un camino que llevaba al desastre, y lo que no conseguía entender era que la simple revelación de la verdad personal pudiera provocar tanto sufrimiento y crueldad, cuando seguro que aspirar a vivir en un estado de verdad era moralmente inofensivo.

Desde entonces, añadí, había aprendido que era ingenuo esperar que los demás me permitieran cambiar cuando esos cambios chocaban directamente con sus propios intereses, y la revelación de que mi vida entera, aparentemente construida sobre el amor y la libertad de elección, era en parte una fachada que ocultaba el egoís-

mo más cobarde me sacudió en lo más hondo. No hay
límite, dije, a lo que ciertas personas son capaces de
hacerte si las ofendes o les quitas lo que quieren, y el
hecho de que en determinado momento queramos o eli-
jamos relacionarnos con esas personas es uno de los
principales misterios y tragedias de la vida. Aunque es
solo un reflejo de las propias condiciones y sustancias de
las que se compone nuestra humanidad: es el intento del
egoísmo y la deshonestidad de reproducirse en ti y seguir
proliferando en el mundo. En el afán de resistirnos a ese
intento podemos volvernos locos.

—¿Te volviste loca? —preguntó L.

—No me volví loca. Aunque supongo que todavía
estoy a tiempo.

Le conté cómo había creído automáticamente —mejor
dicho, había dado por supuesto— que el padre de Justine
era un hombre agradable, o por lo menos decente. ¡Qué
fácil es creer eso, Jeffers, de los hombres que se corres-
ponden con nuestra idea de normalidad! No creo que
una mujer merezca nunca la misma confianza, si no es
a través de la idea de su sumisión. El caso es que en
menos de un mes después de haber vuelto de París y de
anunciar que quería cambiar las cosas me había quedado sin casa, sin dinero y sin amigos, y aun así no preví
las pérdidas aún más importantes que se avecinaban.
Justine tenía entonces cuatro años y era capaz de expresar una opinión, y un día que estaba en casa de su padre
—porque entonces la casa ya era de él—, este me llamó
para decirme que la niña no quería que fuese a recoger-
la, como habíamos acordado. Incluso la puso al teléfono, para que me lo dijera ella misma. Tardé un año en
recuperarla, Jeffers, y a lo largo de ese año fui muchas

veces a escondidas, como un fantasma, a la puerta del colegio, con la esperanza de verla un momento a lo lejos, hasta que un día él me vio, cuando salía con Justine de la mano, me señaló y le dijo:

—Esa mujer es muy mala: ¡corre, Justine, corre!

¡Y echaron a correr por la calle! Fue entonces cuando intenté morirme, pero no pude: lo cierto es que las madres no pueden, salvo que ocurra un accidente. Más tarde supe que él la había descuidado muchísimo todo el tiempo, que a veces la dejaba sola muchas horas seguidas, como si se hubiera quedado con esa parte de mí únicamente para demostrar su crueldad y su indiferencia. Este era mi dolor, Jeffers, y se lo ofrecí a L sentada en la marisma, entre ataques de llanto. Quería que entendiera que esa voluntad mía que él tanto censuraba había sobrevivido a muchos intentos externos de romperla, y a esas alturas a ella le debía mi supervivencia y la de mi hija. También me había traído desastre y privaciones, pero ¡mejor pasar privaciones que vivir donde el odio se pasea disfrazado de amor! Perder mi voluntad equivaldría a perder mi asidero en la vida —a volverme loca—, y aunque no me cabía la menor duda de que algún día mi voluntad se rompería por sí sola, le dije, sospechaba que la locura de una mujer representa el último refugio del secreto masculino, el lugar donde él sería capaz de destruirla antes que quedar al descubierto, y yo en ese momento no tenía intención de que me destruyeran de esa manera: antes me destruiría yo misma, dije, si Justine fuera capaz de comprender mis razones. Lo que quería era que L se encontrara conmigo sobre la base de ese reconocimiento que yo sentí aquel día en París: quería que me reconociera, porque, si bien me sentía agradecida por Tony y por Justine y por mi vida en la marisma, mi individualidad me había atormentado toda la vida con esta necesidad de reconocimiento.

—Muy bien —dijo en voz baja, después de un largo silencio—. Pásate dentro de un rato y deja que te mire. Ponte algo que te siente bien —añadió.

Total, Jeffers, que cogí mi bolsa de algas y volví a casa corriendo en un estado de felicidad pura: de repente me sentí liberada de un peso y tan ligera como si pudiera salir volando y alcanzar el sol. Todo me parecía transformado: el día, el paisaje, el significado de mi presencia en él, como si le hubieran dado la vuelta. Me sentía como quien camina por primera vez sin dolor después de una larga, larga enfermedad. Corrí por el césped y entre los arriates y al doblar la esquina de la casa me choqué con Tony.

—¿Verdad que hace un día precioso? —le dije—. ¿Verdad que todo es maravilloso?

Me examinó atentamente.

—Tiene pinta de que necesitas acostarte un rato —dijo.

—Pero, Tony, no seas ridículo. ¡Estoy llena de energía! —protesté—. Podría construir una casa o talar un bosque entero o...

No podía quedarme quieta más tiempo, y entré en casa corriendo y fui a la cocina. Justine y Kurt estaban allí, frente a la encimera, desenvainando en silencio la montaña de guisantes que acababan de traer del huerto.

—¿Verdad que está todo precioso? —dije—. ¡Qué viva me siento hoy!

Levantaron la cabeza y me miraron sin decir nada, y

dejé mi bolsa de algas en la encimera, salí corriendo, subí las escaleras, entré en mi dormitorio, cerré la puerta y me tiré en la cama. ¿Por qué nadie quería verme feliz? ¿Por qué les molestaba tanto que manifestara algo de ilusión y buen humor? Mi ánimo empezó a desinflarse un poco con estos pensamientos. Me senté en la cama a repasar mi conversación con L y pensé de nuevo en la sensación de salud plena que me había producido su atención. Ah, ¿por qué la vida era tan dolorosa y por qué se nos concedían esos momentos de bienestar, sino para hacernos ver la carga de dolor que soportamos el resto del tiempo? ¿Por qué era tan difícil convivir a diario con los demás y seguir recordando que no eras como ellos y que esa era tu vida única y mortal?

Al final vi que Tony tenía razón y que necesitaba acostarme un rato, y me tumbé y respiré y disfruté de la maravillosa sensación de ligereza, como si me hubieran extirpado un bulto grande y maligno. En definitiva, no era asunto de nadie que antes hubiera un bulto allí y ya no lo hubiera: la cuestión era que tenía que aprender a vivir más conmigo misma. Me daba la impresión de que todos los demás vivían muy felices consigo mismos. Yo era la única que vagaba como un alma en pena, expulsada de la casa de mi ser y golpeada por cada comentario, actitud o capricho de los demás. La sensibilidad me pareció de pronto la peor de las maldiciones, Jeffers: venga a rebuscar la verdad entre un millón de detalles sin importancia, cuando en realidad solo había una verdad y escapaba al poder de cualquier descripción. Solo existía esta carencia o ligereza que las palabras rehuían, y la sentí allí tumbada en la cama procurando no pensar demasiado en qué era y cómo se podía describir.

Pero vivimos inmersos en el tiempo: ¡no podemos evitarlo! Al final tuve que levantarme y ponerme en marcha, y abajo me esperaban las tareas de costumbre y la interpretación de uno mismo que exige vivir con otras personas, y entre unas cosas y otras ya era media tarde cuando pude pensar en ir a la segunda casa para mi cita secreta con L. En las horas previas y mientras hacía esas tareas tomé conciencia de que se había operado un cambio enorme dentro de mí, y temía que alguien lo notara. Pensar que L iba a mirarme me hizo mirarme, y como era capaz de verme supuse que los demás también me veían. Pero todos actuaban como siempre, incluido Tony, y cuando me escabullí y subí a cambiarme todo parecía tan normal que seguí convencida de que lo que estaba haciendo también era normal.

Abrí el armario y de pronto me dio vértigo la perspectiva de intentar encontrar lo que quería, segura de que lo que quería no estaba allí. Como ya he dicho, Jeffers, en algún momento renuncié a la tarea de aprender el lenguaje de la ropa, y si alguien me hubiera dado un uniforme me lo habría puesto a diario tan contenta, aunque lo que hice fue inventarme yo misma una especie de uniforme, de manera que toda mi ropa era más o menos igual. Ninguna prenda encajaba con la petición de L —que me pusiera algo que me sentara bien—, y mientras revolvía desesperadamente en el armario me acordé de que antes de venir a la marisma llevaba ropa que me sentaba mejor, y que quizá la última vez que me había puesto algo que me sentaba bien fue ¡el día que me casé con Tony! Y entonces me entraron ganas de llorar y tuve la espantosa sensación de que algo se desmoronaba muy dentro de mí. ¿Es que Tony no me valoraba como mujer con forma femenina? ¿Vestía últimamente esa ropa como símbolo de una especie de renuncia a la sexualidad y la belleza? Hurgando en el último rincón del armario con una repentina certeza instintiva, me vi sacando el vestido de mi boda, del que me había olvidado por completo. Era un vestido sencillo, bonito y favorecedor, y al tenerlo en la mano vi que era perfecto, a la vez que levantaba un oleaje de emociones contradictorias, entre las que destacaba una especie de tristeza sin nombre por las personas que Tony y yo éramos entonces, como si esas personas ya no existieran.

Me puse el vestido llena de osadía, y cuando me estaba arreglando el pelo delante del espejo Tony entró en el dormitorio. Rara vez se molesta o altera por nada, y esta vez tampoco fue una excepción. Pensé si ver el vestido le emocionaría tanto como para no darse cuenta de que no me lo había puesto para él, pero se limitó a levantar ligeramente la cabeza, se quedó un rato mirándome y señaló:

—Te has puesto tu vestido.

—Al final L me ha pedido que pose para él —expliqué, muy nerviosa y procurando que no se me notara—. Ha dicho que me ponga algo que me siente bien, y esto es lo único que se me ha ocurrido.

Decidí que era mejor no añadir nada más, a pesar de que una parte de mí también ardía en deseos de recibir los cumplidos de Tony y de sentarse a hablar con él de quiénes habíamos sido y de si esas personas seguían existiendo o no. En vez de eso, mientras él digería la información que acababa de darle, pasé a su lado, salí corriendo del dormitorio y bajé las escaleras. La tarde se había nublado un poco, y a esa hora, cerca ya del crepúsculo, una especie de penumbra envolvía la arboleda. Me pregunté si la falta de luz podría afectar a la sesión con L, si querría cancelarla, hasta si estaría en casa, porque de pronto caí en la cuenta de que no habíamos quedado a una hora concreta. Salí de casa, me escabullí por el sendero que lleva a la arboleda y vi que todas las luces de la segunda casa estaban encendidas y emitían un intenso resplandor a lo lejos. Notaba el aire en los brazos y los hombros y el desacostumbrado roce del pelo suelto en la espalda desnuda, y mientras iba deprisa hacia la arboleda y el cubo de luz remoto me invadió una sensación de juventud y libertad. En ese momento oí a mis espaldas el ruido de una ventana que se abría y me paré y volví la cabeza. Vi a Tony asomado a la ventana de nuestro dormitorio, mirándome desde una altura enorme. Nos miramos a los ojos, y él tendió un brazo con severidad a la vez que tronaba:

—¡VUELVE!

Me quedé un segundo congelada en el sitio, mirándolo a los ojos. Luego di media vuelta y me adentré corriendo entre los árboles, furtiva y avergonzada como un perro a la fuga. Crucé la arboleda deprisa en dirección a las ventanas iluminadas, y como L y Brett habían quitado las cortinas, a medida que me acercaba veía con más detalle el interior. Lo primero que vi fue que habían retirado los muebles contra los armarios y las estanterías, y luego distinguí dos siluetas, la de L y la de Brett, moviéndose de un modo tan extraño que al principio creí que estaban bailando. Después, más cerca, vi que estaban pintando ¡las paredes de la segunda casa!

Llevaban poca ropa los dos: L se había quitado la camisa y tenía el pecho cubierto de manchas de pintura;

y Brett iba en bragas, con una camisola y el pelo recogido con un pañuelo. Mientras los miraba, él se pasó el dorso de la mano por la nariz con un gesto salvaje y se pintó una raya larga en la cara. Brett la señaló y se partió de risa. Habían cogido la escalera pequeña del cobertizo para llegar a las zonas altas de las paredes, que estaban ya medio cubiertas de un creciente remolino de formas y colores chillones. Me paré en seco y me quedé clavada, incapaz de soportar lo que veía a través del cristal. Veía formas de árboles, plantas y flores; los árboles con las raíces grandes y retorcidas como intestinos, y las flores carnosas y obscenas, con estambres enormes como falos; y animales extraños, pájaros y bestias de formas y colores que no eran de este mundo; y en el centro de la escena dos figuras, un hombre y una mujer, al lado de un árbol cargado de violentos frutos rojos, como docenas de bocas abiertas, con una serpiente larga y gorda enrollada en el tronco. ¡Era el Jardín del Edén, Jeffers, solo que en el infierno! Me acerqué un poco más a las ventanas —oía una música estridente y por encima de la música sus voces, como rugidos, y también aullidos y ráfagas de risa escandalosa— y los veía moverse por la casa como poseídos por una energía diabólica, salpicando y emborronando las paredes de pintura. Estaban pintando a Eva, y le oí decir a L:

—¡Vamos a ponerle bigote a la perra castradora!

Y Brett soltó un alarido de risa.

—Por las molestias —añadió él, ensuciando el labio superior de la figura con gruesas pinceladas negras.

—Y vamos a ponerle una tripita gorda —gritó Brett—, un vientre estéril de mujer madura. Está muy flaca, pero la tripa la delata a la muy zorra.

—Un bigote grande y peludo —dijo L—, para que sepamos quién manda. Sabemos quién manda, ¿verdad? ¿Verdad?

Y aullaron los dos, mientras yo me quedaba en la arboleda, al otro lado de la ventana, con mi vestido de novia, temblando hasta las plantas de los pies mientras la noche se cerraba a mi alrededor. Era de mí de quien hablaban, a mí a quien pintaban: ¡yo era Eva! Me inundó una oscuridad aterradora y durante un buen rato fui incapaz de ver, pensar o moverme. Después me vino un pensamiento, y fue que tenía que volver con Tony. Di media vuelta y eché a correr por el camino, entre los árboles, y ya estaba cerca de casa cuando vi dos luces rojas en la entrada de coches. Resplandecieron un momento y luego se alejaron entre el ruido de un motor. Sabía que era nuestra furgoneta y que en ella iba Tony: ¡se marchaba! Fui corriendo hasta la entrada de coches y me quedé allí, llamándolo a gritos, pero las luces se perdieron detrás de una curva y comprendí que Tony me había dejado, que se iba, y no supe si pensaba volver.

Simbólicamente, el buen tiempo terminó al día siguiente, y empezó a llover, y me senté delante de la ventana a ver cómo caía la lluvia, sin hablar ni moverme. En un momento dado oí el ruido de un coche delante de casa y salí disparada, pensando que Tony había vuelto, pero era uno de sus amigos: venía a decirme que Tony le había pedido que me prestara un coche, porque él se había ido en la furgoneta. ¡Ido! Volví a sentarme y a mirar por la ventana. Qué triste era la lluvia después de esas semanas de calor y sol. Pensé en el sistema de riego, y en cómo Tony se había ocupado a diario de que todo siguiera con vida mientras los demás disfrutábamos del buen tiempo, y una vez más me eché a llorar al darme cuenta de lo bueno y responsable que era Tony y lo frívolos y egoístas que éramos los demás. Justine vino un par de veces a sentarse a mi lado y también se quedó mirando la lluvia por la ventana, y vi que estaba casi tan triste como yo por que Tony se hubiera ido. Me preguntó si sabía cuándo volvería y le dije que no. Cuando oscureció subí al dormitorio, me acosté en nuestra cama y traté de hablar con Tony. Allí, en la oscuridad, me concentré con todas mis fuerzas en hablarle con el corazón y confié en que pudiera oírme desde donde estuviera.

Al día siguiente vinieron otros dos hombres a ocuparse de las tareas de Tony y de los trabajos que siempre había que hacer en la tierra. Yo seguía muy callada y quieta, hablando con Tony con el corazón, como llevaba haciendo toda la noche. Ni por un momento puse en duda su lealtad o sus motivos para actuar de esa manera: de lo que dudaba era de mí y de mi capacidad para poder convencerlo de que seguía siendo la persona que él creía que era. El caso, Jeffers, es que entre dos personas tan distintas como Tony y yo hace falta un acto casi de traducción, y en momentos de crisis es muy fácil que algo se pierda en ese acto. ¿Cómo podíamos estar seguros de que nos entendíamos? ¿Cómo podíamos saber que veíamos y reaccionábamos a la misma cosa? La segunda casa era solo un ejemplo de nuestro intento de conciliar estas diferencias, porque los dos éramos conscientes de que en una pareja como la nuestra uno no podía beber siempre de la misma fuente. Había un componente de libertad en esa situación, pero también una especie de tristeza que te asaltaba si alguna vez llegabas a sospechar que eso representaba una limitación del vínculo recíproco.

Para mí, las diferencias de Tony ponían a prueba mi capacidad de refrenar mi voluntad, que siempre se empeñaba en hacerlo todo como yo quería y pensaba que tenía que ser, para que las cosas se adaptaran a mis ideas. Si Tony tuviera que adaptarse a mis ideas dejaría de ser Tony. No sé qué parte de mí representaba una prueba similar para él, y tampoco me incumbe, pero recuerdo que mientras construíamos la casa de invitados empezamos a llamarla «la segunda casa», y yo sabía que si seguíamos llamándola así se quedaría con ese nombre para siempre, y le dije que ser la «segunda» resumía bastante bien cómo me sentía conmigo misma y con mi vida, que había estado a punto de echar a perder, aunque eso exigía tanto esfuerzo como la victoria, pero a pesar de todo la victoria se me había negado siempre, sistemáticamente, por alguna razón, y quien me la negaba era una fuerza que solo podía describir como la fuerza de la preeminencia. Yo no podría ganar nunca, y el motivo al parecer residía en ciertas leyes inmutables del destino que yo —como mujer— no tenía el poder de dominar. ¡Tendría que haberlo aceptado desde el principio y haberme ahorrado el esfuerzo! Tony me escuchó, y vi que le sorprendía ligeramente lo que decía, y también que trataba de entender por qué le sorprendía, hasta que al cabo de un buen rato, dijo:

—Para mí no significa eso. Significa un mundo paralelo. Una realidad alternativa.

En fin, Jeffers, me reí con ganas ante este ejemplo perfecto de la paradoja que somos Tony y yo.

Cuando nos casamos, recuerdo que el sacerdote me preguntó en confianza si quería eliminar la palabra «obedecer» de los votos conyugales, que muchas mujeres ahora lo preferían, añadió, con una especie de guiño. Le contesté que no, que quería conservarla, porque creía que querer a otro es estar preparado para obedecerlo, obedecer hasta al niño más pequeño, y que un amor que no hace la promesa de ceder o consentir es un amor incompleto o tiránico. ¡La mayoría de nosotros no tiene ningún reparo en mostrar obediencia, sin pararse a pensarlo siquiera, a prácticamente cualquier cosa que se nos imponga como autoridad! Prometí obedecer a Tony y él prometió obedecerme a mí, y lo que no sabía, mientras estaba allí sentada mirando la lluvia, era si esta promesa —como ocurre con algunas promesas— perdía todo su valor con solo romperse una vez. Le pedí con el corazón que me obedeciera y volviera a casa, y casi llegué a sentirme poderosa pidiéndoselo, porque al pedírselo me vi obligada a entender lo que él había sentido cuando me vio huir en la oscuridad y alejarme por la arboleda. Se lo pedía, dicho de otro modo, como una persona con más conocimiento del que tenía en el momento de huir, y esto parecía una especie de autoridad, y yo esperaba que él la oyera y la reconociera.

Estuvo lloviendo cinco días seguidos, y la tierra se volvió más oscura y la hierba más verde, y los árboles bebían cabizbajos y con las ramas dobladas. Los canalones volvieron a verter agua en los barriles de lluvia, y en todas partes se oía el ruido acompasado de las gotas al caer. A lo lejos se veía la marisma taciturna, envuelta en nubes, atravesada a veces por una franja de luz blanca y fría que quemaba como el hielo. Era una imagen misteriosa la de aquella llanura inmensa y opalescente, iluminada por una luz tan fría. No parecía emanar del sol, y tenía una frigidez divina que no tienen las cosas que reciben la luz solar. Pasaba la mayor parte del tiempo en mi dormitorio, sin ver a nadie más que a Justine, que a ratos venía a sentarse conmigo. Me preguntó si creía que Tony se había ido por L.

—Se ha ido porque le puse en ridículo —dije—. L solo fue por casualidad la razón.

—Brett también quiere irse —me dijo Justine—. Dice que L es una mala influencia para ella. Que toma demasiadas drogas y que ella a veces también las toma con él, y eso le está afectando. No sé cómo lo aguanta —añadió, con un escalofrío—. Es un viejo agotado. No tiene nada que ofrecerle a Brett. Es un vampiro que se alimenta de su juventud.

Me sentí fatal, Jeffers, al oír esta descripción de L. Hizo que su presencia pareciese algo sórdido, y yo era responsable de esa sordidez y de las consecuencias que había tenido para todos. En ese momento decidí pedirle que se marchara. Había algo tan mezquino y provinciano en mi decisión que me odié al instante. Me ponía en una situación de desigualdad con respecto a L, inferior ante su bajeza, y me lo imaginaba riéndose en mis narices. Podía negarse, y entonces yo tendría que obligarlo a irse, recurriendo a la fuerza en caso necesario: ¡a eso conducen este tipo de decisiones!

Le pregunté a Justine si había estado en la segunda casa y había visto lo que habían hecho en las paredes, y me miró con remordimiento.

—¿Estás muy enfadada? —preguntó—. No ha sido culpa de Brett, de verdad.

Dije que no estaba especialmente enfadada: más bien estaba asustada, y a veces hay que asustarse para no verse arrastrado a la entropía. Reconocí que mi idea de la segunda casa había cambiado irremediablemente al ver el horrible mural de L, y que nunca volvería a ser como antes, aunque enterráramos hasta la última pincelada debajo de muchas capas de cal. Habría sido lo más fácil del mundo devolver las paredes a su estado natural, pero en el proceso algo se volvería falso. Sería como decretar una especie de olvido —una traición a la verdad de la memoria—, y es posible que sea así como nos volvemos artificiales en la vida, Jeffers, por la eterna costumbre de olvidar deliberadamente. Pensé cuánto le repugnaría a Tony el mural; sobre todo la serpiente enrollada en el tronco del árbol: las serpientes son lo único que le da miedo. De pronto me pareció que esa serpiente representaba un ataque de L a Tony, un intento de derrotarlo. ¿Lo había derrotado? ¿Por eso se había ido? Me acordé de cuando L me acarició el pelo y me dijo: «Venga, venga», mientras yo lloraba de pena. El recuerdo me hizo dudar, y por unos instantes dejé de hablarle a Tony con el corazón. En ese momento no estaba segura de que Tony me hubiera acariciado el pelo alguna vez y me hubiera dicho: «Venga, venga», y tampoco de que fuera probable que lo hiciera; y pensé que eso era lo único que siempre había querido que un hombre hiciera por mí. Es decir, que esto no era un ataque de L contra Tony: en realidad el ataque era mío, y L lo había hecho posible al permitirme dudar de Tony.

—Ay, Tony —le dije con el corazón—, ¡dime la verdad! ¿Es malo desear cosas que tú no puedes darme? ¿Me engaño al creer que es bueno que estemos juntos solo porque así todo es más fácil y más agradable?

Por primera vez, Jeffers, consideré la posibilidad de que el arte —no solo el de L, sino el concepto de arte en general— pudiera ser una serpiente que nos susurra al oído, que nos exprime hasta la última gota de satisfacción y fe en las cosas de este mundo con la idea de que existe algo superior y mejor dentro de nosotros, algo que lo que tenemos delante jamás podrá igualar. La distancia del arte me pareció de pronto idéntica a la distancia que había dentro de mí misma, la distancia más fría y solitaria del mundo, la que me separaba del amor verdadero y de la sensación de estar en casa. Tony no creía en el arte: creía en las personas, en su bondad y su maldad, y creía en la naturaleza. Creía en mí, y yo creía en esta distancia infernal que percibía dentro de mí y de todas las cosas, un espacio en el que la realidad de las cosas podía transmutarse.

Unos días antes de marcharse, Tony me había hablado de un extraño encuentro que había tenido con L en la arboleda. Acababa de disparar un ciervo, porque los ciervos entraban en la finca y se comían la corteza de los árboles y eso a la larga los mataba. Se alegraba de haber sacrificado al ciervo, y pensaba desollarlo y despiezarlo para que nos lo comiéramos. Iba por la arboleda con el ciervo a hombros cuando se encontró con L, y este, en vez de felicitarlo por la captura, se enfadó, y siguió enfadado incluso después de que Tony le hubiera explicado los motivos por los que había matado al animal.

—No quiero matanzas cerca de mí —dijo L, al parecer. Y añadió algo así como que los árboles se buscaran la vida.

No parecía consciente de que Tony estaba en su casa y podía hacer lo que quisiera, y creo que no lo era porque su concepto de la propiedad era un conjunto de derechos inalienables que él se arrogaba. El radio de la circunferencia que lo rodeaba era propiedad suya, en cualquier entorno en el que estuviera. Defendía su derecho a prohibir el paso a quien tuviera ganas de disparar cerca de él, o eso me imaginé. Lo que le dije a Tony fue que a lo mejor tenía aversión a los animales muertos porque se había criado junto a un matadero.

—Puede ser —dijo Tony—. Solo dijo que lo que hacía yo era peor que lo que hacía el ciervo. Pero yo no estoy de acuerdo. Uno tiene que ser capaz de matar ciertas cosas.

Pensé en esta historia sentada en la cama y mirando la lluvia, y llegué a la conclusión de que los dos tenían razón, solo que Tony tenía razón de una manera más triste, más dura y más permanente. Aceptaba la realidad y se hacía responsable del lugar que ocupaba dentro de ella. L, en cambio, se oponía a la realidad: siempre intentaba liberarse de sus restricciones, y eso significaba que no se sentía responsable de nada. Y mis ganas de que me acariciaran y consolaran, de reparar todas las cosas malas que habían pasado, se encontraban a medio camino entre el uno y el otro: por eso había huido de Tony en la arboleda.

La noche del quinto día, la puerta del dormitorio se abrió y en el umbral apareció Tony. Nos miramos, y los dos recordamos la última vez que nos habíamos mirado, él desde la ventana y yo desde abajo, entre los árboles, y vi que los dos sabíamos que en ese instante se había agotado una parte de nosotros que ya nunca recuperaríamos, y que seguiríamos adelante en este estado más humilde y más mermado.

—¿Me has oído? —pregunté, conteniendo la respiración.

Asintió despacio, y luego abrió los brazos y yo me eché en ellos.

—¡Por favor, perdóname! —dije—. Sé que hice mal. Te prometo que nunca volveré a darte motivos para que te vayas.

—Te perdono. Sé que te equivocaste, nada más.

—¿Dónde has estado? ¿Adónde has ido?

—A la cabaña de North Hills —contestó. Y agaché la

cabeza con pena, porque la cabaña de North Hills es mi sitio favorito en el mundo entero, y es donde Tony me llevó cuando nos enamoramos.

—Ah. ¿Estaba precioso?

Se quedó callado, y pensé que ya nunca sabría si North Hills seguía estando precioso aunque yo no estuviera, y me pareció justo no saberlo, porque le había hecho daño a Tony y era absurdo fingir lo contrario o esperar que las cosas pudieran perder su valor para él si yo no estaba. Pero luego señaló lo que tendría que haber resultado obvio para mí:

—He vuelto —dijo.

Bueno, estábamos muy contentos, y al cabo de un rato bajamos y seguimos contentos, y Justine preparó la cena y hasta Kurt se animó un poco al tener a Tony en casa con nosotros. North Hills está a cuatro o cinco horas en coche desde aquí, y la mayor parte del trayecto discurre por pistas embarradas; era tarde, y yo sabía que Tony seguramente estaría cansado, por eso cuando oímos que llamaban a la puerta le dije que se fuera a la cama, que ya abría yo. En el escalón, en la oscuridad, estaba Brett, sin abrigo, tiritando y con los ojos llenos de espanto. Le pregunté qué pasaba, y tembló tanto al abrir la boca que oí cómo le castañeteaban los dientes. Dijo que L estaba muerto, o podía estarlo: no lo sabía... Que estaba tirado en el suelo del dormitorio y no se movía, y se había asustado tanto que ni siquiera había podido acercarse a comprobarlo.

Fuimos todos corriendo bajo la lluvia a la segunda casa y encontramos a L en el suelo, tal como había dicho Brett, solo que entre intensos gemidos; eso al menos indicaba que estaba vivo, aunque yo no había oído en la vida ruidos tan inhumanos y espeluznantes como los suyos. Así que Tony, después de su largo viaje, cogió otra vez la furgoneta para ir al hospital, a dos horas de aquí, con L en el asiento trasero, embutido en mantas y almohadones, y Brett delante. Volvió al amanecer, con Brett pero sin L: los médicos dijeron que había tenido un infarto cerebral.

Estuvo ingresado en el hospital dos semanas, y Tony y yo fuimos a recogerlo cuando le dieron el alta. Estaba muy delgado y débil pero podía andar, y daba la impresión de que en dos semanas se había convertido en un anciano: parecía machacado y andaba como si llevara puestos unos patines, con las piernas flexionadas, y los hombros encorvados le daban un aire cohibido, como si se hubiera congelado en el acto de encogerse. Pero eran sus ojos lo más impactante, esos ojos brillantes como lámparas que parecían transformar en una revelación todo lo que miraban. Se habían vuelto negros como habitaciones bombardeadas. Su luz se había extinguido, y ahora estaban llenos de una oscuridad espeluznante. Mientras los médicos nos informaban de su estado, mantuvo la cabeza en una extraña posición de alerta, como si prestara atención, pero no a ellos. Y este aire de atención sobrenatural, con los ojos macabros puestos en la nada, siguió siendo una característica de su nueva identidad incluso cuando estuvo en condiciones de hablar y moverse libremente. Lo cierto es que la recuperación física fue bastante rápida, a excepción de la mano derecha, que ya nunca recuperaría plenamente la movilidad. La tenía enorme, hinchada y roja, como llena de sangre, y daba grima ver aquel bulto siniestro y muerto colgado del brazo delgado.

Hablamos mucho esas semanas —Tony, Justine, Brett y yo— de qué podía o debería pasar, y cuándo y cómo. Los primeros días de verano habían llegado, plenos y cálidos, con generosas y benévolas brisas de la marisma, pero apenas nos dábamos cuenta. Éramos un grupo de ministros angustiados que evaluaban la inesperada catástrofe que nos había ocurrido. Hubo docenas de llamadas de teléfono, consultas y análisis prácticos, y muchas, muchas deliberaciones hasta altas horas de la noche, pero el resultado fue que L seguía exactamente en el mismo sitio, en la segunda casa, porque no tenía adónde ir. No tenía ni familia ni casa, y apenas dinero, y aunque para entonces ya se podía viajar con más facilidad, no encontrábamos entre sus amigos y socios a nadie dispuesto a hacerse cargo de él. Tú ya sabes lo volátil que es el mundo del arte, Jeffers, así que no necesito entrar en detalles. Al final quedábamos Brett y yo, y mientras que yo admitía que el accidente había ocurrido en mi casa y L estaba por tanto bajo mi tutela, a Brett le costaba ver su compromiso con la situación como algo más que una aventura divertida que se había torcido. Había venido aquí con L en respuesta a un capricho, ¡no a un plan de vida!

Esos días, Jeffers, pensé mucho en la importancia de la sostenibilidad y en lo poco que la tenemos en cuenta en nuestros actos y nuestras decisiones. Si tratáramos cada momento como una situación permanente, un lugar en el que quizá nos podríamos ver obligados a quedarnos para siempre, ¡qué distintas serían la mayor parte de las cosas que abarca ese momento! Puede que las personas más felices sean las que, en general, se adhieren a este principio, las que no utilizan el momento como aval de un préstamo, sino que lo dotan de cosas que pueden extenderse razonablemente a otros momentos sin causar ni sufrir daño y destrucción, aunque hace falta una disciplina y un grado altísimo de frialdad puritana para vivir así. No culpé a Brett por no estar dispuesta a sacrificarse. Dos o tres días después de que L volviera del hospital quedó muy claro que Brett nunca había cuidado de nadie ni de nada y no tenía intención de empezar a hacerlo a esas alturas.

—Espero que no me tomes por una desertora —me dijo una tarde, cuando me anunció que su primo, el monstruo marino, quería venir a buscarla y llevarla a casa.

Caí entonces en que no sabía dónde vivía Brett, y resultó que en realidad no tenía casa o, mejor dicho, tenía muchas, y por lo tanto no tenía ninguna. Vivía en cualquiera de las casas de su padre, desperdigadas por el mundo, y él siempre le anunciaba su llegada con más o menos una semana de antelación para que tuviera tiempo de hacer las maletas y desaparecer, porque su madrastra no quería verla. Su padre era un golfista famoso —hasta yo había oído hablar de él, Jeffers— y muy rico, y lo único que Brett nunca había aprendido era a jugar al golf, porque él nunca quiso enseñarle. ¡Así somos en nuestra especie! La abracé, mientras lloraba un poco, y le dije que creía que volver a su vida era exactamente lo que tenía que hacer. Aunque en el fondo sabía que en realidad solo intentaba huir de L y sus desgracias, y que a pesar de su belleza y sus múltiples habilidades Brett no entendía el sentido de la vida, más allá de lo que a ella le conviniera o no. Al fin y al cabo, ¿qué tenía eso de malo? Brett podía permitirse el lujo de huir, y al conven-

cerme de que ese lujo era también su desgracia quizá
solo intentaba esconder la envidia que me daba. Aunque
maltratada, Brett era libre: no tenía que quedarse y
resolver el problema como los demás.

Que se fuera tuvo una ventaja, porque se ofreció a
llevarse a Kurt. Al parecer su primo estaba buscando un
secretario que le ayudara con sus asuntos, lo que prin-
cipalmente consistía en viajar de un lado a otro en su
avión privado y llevar una vida de lujo ocioso. Brett
incluso creía que el puesto ofrecía la oportunidad de
escribir, porque su primo estaba recopilando la historia
de la familia y probablemente necesitaría ayuda.

—No es muy inteligente —le dijo a Kurt—, pero tiene
un montón de acciones en una editorial. Te tratará muy
bien. Incluso puede conseguir que publiquen tu novela.

Kurt aceptó la propuesta como un reconocimiento, y
ahora que L estaba tan disminuido, la misión de protegerme que él mismo había querido atribuirse ya era cosa
del pasado. Hasta Justine reconoció que era lo mejor,
aunque se asustó un poco al ver la separación tan cerca.
Le dije que siempre podría encontrar a un hombre blanco que la anulara, si eso era lo que quería. Se rio cuando
le dije eso, y me sorprendió su respuesta:

—Es una suerte que seas mi madre.

Y así, Jeffers, concluyó ese capítulo de nuestra vida en
la marisma, y empezó otro mucho más opaco e incierto.
¿Qué sentí, en ese momento, por la tragedia que yo
había desatado, al ver que las cosas tomaban un rumbo
que escapaba a mi control? Nunca había pensado cons-
cientemente que pudiera o quisiera controlar a L, y ese
había sido mi error, subestimar al destino, mi viejo
adversario. Porque yo en cierto modo seguía creyendo

en la inexorabilidad de esa otra fuerza: la fuerza de la narración, de la trama, como quieras llamarla. Creía en la trama de la vida y tenía la certeza de que a todos nuestros actos se les asigna un significado, de un modo u otro, y que las cosas al final —aunque cuesten mucho— salen bien. No entendía que hubiera podido ir tirando hasta entonces aferrada a esta creencia, pero así era, y lo cierto es que esto fue lo que impidió que me sentara en el camino y me rindiera mucho antes. Ahora, mi parte planificadora —otro de los muchos nombres que pueden darse a mi voluntad— chocaba frontalmente con lo que L había convocado o despertado en mí, o con lo que en mí lo había reconocido y por tanto se identificaba con él: la posibilidad de disolución de la propia identidad, de liberación en todo su inaprensible significado cósmico. Y, justo cuando empezaba a aburrirme de la trama sexual —la que más distrae y más engaña de todas—, o ella de mí, surgía este nuevo plan espiritual para eludir lo ineludible: ¡el destino del cuerpo! Le tocó precisamente a L representarlo, encarnarlo: el cuerpo que se había diluido y entregado era el suyo, no el mío. L me tenía miedo desde el principio, y con razón, porque aunque hablaba mucho de destruirme por lo visto yo lo había destruido antes. Pero ¡no me lo tomé personalmente, Jeffers! Creo que para él yo representaba la mortalidad, porque era una mujer a la que no podía anular ni transfigurar con su propio deseo. Era, en otras palabras, su madre, la mujer que siempre había temido que pudiera devorarlo y privarlo de su forma y de su vida del mismo modo que lo había creado.

La imagen que seguía en mi memoria a lo largo de esos días tumultuosos era la de Tony, la noche que Brett vino a decirnos que L estaba tirado en el suelo de la segunda casa. Vimos que había que llevarlo al hospital, y Tony lo cogió en brazos y lo sacó tranquilamente del dormitorio. Pensé en la rabia que debió de darle verse en los majestuosos brazos de Tony como un muñeco roto. Yo me había adelantado para encender las luces de la sala principal, y estaba mirando a Tony cuando salió al pasillo con L en brazos y vio por primera vez el fresco de Adán y Eva. Lo asimiló todo, Jeffers, sin titubear ni detenerse, y fue como si atravesara con firmeza y serenidad una hoguera de la que estaba rescatando al pirómano. En ese momento sentí que me quemaba el mismo fuego: tenía las llamas tan cerca que podían lamerme con su lengua caliente.

Es bien sabido, Jeffers, que las últimas obras de L impulsaron el renacimiento de su prestigio y le hicieron también muy famoso, aunque yo creo que parte de esa fama era simplemente fruto del voyerismo que brota siempre alrededor del aura de la muerte. Sus autorretratos son auténticas instantáneas de muerte, ¿verdad? Conoció a la muerte la noche del infarto cerebral, y vivió con ella —aunque no felizmente— desde entonces. De todos modos, personalmente sigo encontrando demasiada iconografía del yo en estos retratos: supongo que es inevitable. Evocan a la persona que L había sido; irradian obsesión y perplejidad porque le hubiera podido ocurrir algo así ¡a él! Pero el yo es nuestro dios —no tenemos otro—, y por eso estas imágenes fascinan y gustan tanto a todo el mundo. Y luego estaban los científicos que estudiaban la evidencia del accidente neurológico que las pinceladas de L describían con tanta belleza y precisión. Esas pinceladas iluminaron algunos de los misterios ocultos en la oscuridad de su cerebro. ¡Qué útil puede ser un artista en lo tocante a la representación! Siempre he creído que la verdad del arte es tan válida como cualquier verdad científica, pero tiene que conservar su estado de ilusión. Por eso me disgustaba que se utilizara a L como prueba de algo y se lo arrastrara hasta la luz, por así decir. Esa luz era entonces indistinguible de los focos escénicos, aunque algún día podría llegar a convertirse fácilmente en la luz del análisis implacable, y los mismos hechos se utilizarían entonces como prueba de algo totalmente distinto.

Pero es de sus escenas nocturnas de las que quiero hablar: en ellas el poder de la ilusión no ha sido sometido. Estos cuadros se pintaron en la marisma, en poquísimo tiempo, y quiero contar lo que sé de las condiciones y el proceso de su creación.

Cuando Brett se fue y L se quedó solo en la segunda casa, se planteó el problema de quién iba a cuidarlo. Yo sabía que no sería bueno para mi relación con Tony aceptar el papel de enfermera de L y estar siempre a su disposición: ya me había asomado a mirar desde el borde de ese precipicio y por nada del mundo quería volver allí. Tony tuvo que ayudar mucho a L los primeros días, porque hacía falta fuerza física para levantarlo y llevarlo de un sitio a otro, y L dependía de él para lo más básico a pesar de la altivez con que lo trataba. Había vuelto del hospital irascible y quisquilloso, y también ligeramente tartamudo, y daba órdenes como un auténtico delfín.

—T-t-t-tony, ¿puedes poner la silla mirando a la ventana? No, ahí está demasiado c-c-cerca… Más atrás: sí.

Me acostumbré a la imagen que tanto me había impresionado aquella noche: la de Tony llevando a L en brazos, a veces hasta el fondo del jardín, cuando este quería ver algo del paisaje. Pero, como ya he dicho, L recuperó muy deprisa el control de los movimientos y, con ayuda de unos bastones preciosos que le hizo Tony con un par de ramas jóvenes, no tardó en poder moverse por su cuenta. Aun así, era incapaz de cocinar o de asearse solo, y cuando volvió a trabajar y tuvo que seleccionar y alcanzar los materiales, fue evidente que necesitaba que alguien le echara una mano. Me sorprendió que Justine se ofreciera, y Tony pudo entonces volver a sus obligaciones mientras yo pasaba a estar más ocupada de lo normal cuidando de los dos.

¿Tiene la catástrofe el poder de liberarnos, Jeffers? ¿La intransigencia de lo que somos puede romperse a consecuencia de un ataque tan violento como para garantizar que sobrevivamos solo a duras penas? Estas eran las preguntas que me hacía los primeros días de convalecencia de L, cuando de una forma muy visible empezó a emanar de él una energía nueva, informe y cruda. Era un chorro de vida que brotaba del enorme agujero que se había abierto en él, sin dirección ni nombre ni conocimiento propios, y vi cómo L empezaba a forcejear con eso, cómo intentaba tomarle la medida. Hizo el primer autorretrato a las tres semanas de volver del hospital, y Justine me contó que el intento de coger el pincel con la mano derecha hinchada y deforme había sido un calvario. Prefería pintar de pie, dijo Justine, con un bastón en la mano izquierda y un espejo a un lado. Ella le sostenía la paleta y seleccionaba y mezclaba los colores cuando él se lo pedía. Movía el brazo con una lentitud y un esfuerzo indescriptibles, quejándose continuamente, y el violento temblor de la mano hacía que el pincel se le cayera cada dos por tres. ¡No debía de ser agradable ayudarlo! Ese primer trabajo, atravesado por una gran línea diagonal, con el punto de vista derramándose desde la esquina superior derecha y saliendo por la esquina inferior izquierda, era de una crudeza impresionante: impresionaba porque la exactitud del momento se seguía detectando en el lienzo y detrás de él. El cuadro estaba herido pero aún con vida, es decir, que esta disonancia entre la conciencia y el ser físico —y el horror de verlo registrado, muy parecido al horror de ver un animal muerto— se convirtió en marca característica de los autorretratos y en la razón de su atractivo universal, incluso más adelante, cuando L pudo ejecutarlos con más control.

Enseguida quiso salir de casa, y a Justine se le ocurrió colgarle al cuello una bocina de juguete que encontró en una caja vieja, para que pudiera apretar la perilla de goma y avisar cuando la necesitara. Temí que a él le pareciera una ofensa a su dignidad, pero lo cierto es que le encantaba y le divertía, y siempre se oía el sonido atenuado de la bocina en algún rincón de la finca, como la llamada de un pájaro invisible mientras hace su ronda por la naturaleza. Era muy útil, porque L empezaba a alejarse bastante, dijo Justine, y a veces no podía volver, o se le caía algo y le era imposible recogerlo. Yo veía que su destino era la marisma: se acercaba cada día un poco más. Una tarde lo encontré en la proa del barco varado, como el día de nuestra primera conversación, y la coincidencia me hizo exclamar, de una manera un poco absurda:

—¡Cuántas cosas han cambiado, y en el fondo no ha cambiado nada!

Cuando lo cierto, Jeffers, es que habría sido igual de cierto —y de absurdo— decir que nada había cambiado y en el fondo habían cambiado muchas cosas. Algo que no había cambiado era la mirada de indiferencia y rechazo que L me lanzaba tantas veces y a la que yo sin embargo no conseguía acostumbrarme. A pesar de lo débil que estaba, me miró así en ese momento y habló con la voz entrecortada.

—T-tú no cambias. No cambiarás nunca. No te lo permites.

Como ves, Jeffers, yo seguía siendo el enemigo público número uno, a pesar de todo lo que había pasado.

—Siempre lo intento —dije.

—Solo una emoción d-de verdad puede cambiarnos. Te barrerá de un plumazo —dijo. Y entendí que quería decir que mi incapacidad para el cambio sería mi perdición, como el árbol que la tormenta quiebra porque no sabe doblarse.

—Tengo protección —afirmé, levantando la cabeza.

—Has llegado lejos, pero yo te he ganado —contestó, o eso creí, porque cada vez hablaba más bajo— y conozco una forma de destrucción capaz de vencer tus defensas.

Este fue más o menos el tono de todos mis encuentros con L desde entonces. Me trató con invariable hostilidad mientras duró su recuperación, como si la enfermedad le hubiera ofrecido una última oportunidad de desinhibirse. En otra ocasión me dijo:

—Tu hija se ha quedado con todo lo bueno que había en ti. Me gustaría saber qué hay ahora ahí, donde antes estaba lo bueno.

Se le metió en la cabeza que yo siempre me quedaba mirándolo, y a veces me daba un susto chasqueando los dedos de la mano izquierda muy cerca de mis ojos.

—Me miras como una gata hambrienta con esos ojos verdes: pues mira cómo chasqueo los dedos.

¡Chas!

De repente todo se volvió insoportable, y un día, mientras me ataba los zapatos, me desmayé y no recuerdo nada de lo que pasó en las veinticuatro horas siguientes: por lo visto me tomé unas vacaciones, tumbada en la cama, con una sonrisa en los labios, mientras Tony y Justine, preocupados, se turnaban para sentarse a mi lado y cogerme de la mano. Cuando me levanté descubrí que un amigo de L había escrito para preguntar si podía venir de visita. Estaba preocupado por L, explicaba, a quien conocía desde hacía muchos años, y aún más preocupado por mí, por el apuro en que me había puesto L al enfermar en mi casa. También quería darme algún dinero del galerista, para compensar los gastos que me hubiera ocasionado. Y así, al volver de mi breve estancia en el inframundo, encontré el mundo del otro lado un poco más cuerdo de como lo había dejado. Contesté al amigo —se llamaba Arthur— para decirle que podía venir cuando quisiera, y alrededor de una semana después un coche entró en la finca: Arthur había llegado.

Era encantador, Jeffers: alto, guapo, de aspecto amable, con un pelo espléndido, largo, oscuro y reluciente, y me sorprendió mucho que nada más bajar del coche se echara a llorar, cosa que hizo con mucha frecuencia mientras estuvo con nosotros cada vez que algo despertaba su simpatía y compasión. A veces seguía hablando a la vez que lloraba, incluso sonreía, como si se tratara de un fenómeno corriente y natural, como un chaparrón. A Tony le hacía tanta gracia esta costumbre que se moría de risa cada vez que Arthur lloraba.

—En realidad no me estoy riendo —le decía a Arthur, con los hombros sacudidos por las carcajadas. Quería decir que no se estaba riendo de él—. Es que es muy gracioso.

Arthur y Tony se hicieron buenos amigos, y lo siguen siendo; se llaman hermano el uno al otro, así que es casi como si Tony hubiera recuperado al hermano que perdió de joven. Me alegra poder atribuir en parte a L esta amistad, de la que Tony no habría podido beneficiarse de otro modo. Pero sentada entre los dos, la primera tarde, con uno llorando y el otro riendo, me pregunté en qué último puerto extraño había atracado mi barco.

Arthur tenía muchas ganas de ver a L y, mientras iba a la segunda casa preparé una habitación para él en la casa principal. Tardó un par de horas en volver, horrorizado y con los pelos de punta.

—Es un mazazo —dijo—. Nadie puede pediros que asumáis esta responsabilidad.

Arthur conocía a L desde hacía más de veinte años, Jeffers, y es probable que supiera más que nadie de su vida. Era mucho más joven —entonces tendría poco más de cuarenta— y había sido ayudante de estudio de L cuando este todavía era tan famoso que necesitaba un ayudante. Había estado con él en inauguraciones, lo había visto pavonearse delante de los coleccionistas como una hija cada vez más difícil de casar, hasta que se dio cuenta de que no quería saber nada más del mundo del arte, aunque en algún momento había aspirado a ser pintor. Aun así siguió en contacto con L. Era cierto que su situación había empeorado mucho, como la de tantas personas a raíz de los últimos acontecimientos, pero en el caso de L la decadencia venía de mucho antes, y ya no le quedaba dinero en efectivo ni crédito. No tenía familia a la que estuviera dispuesto a reconocer, pero Arthur había conseguido localizar a una medio hermana a la que esperaba convencer para que lo acogiese. Esta mujer seguía viviendo en el mismo sitio donde había nacido L. Los demás hermanos habían muerto. En el peor de los casos, el Estado tendría que hacerse cargo de él, y Arthur estaba dispuesto a ocuparse de los trámites necesarios.

Bueno, Jeffers, por un lado fue un alivio inmenso oír todo esto, pero al mismo tiempo no soportaba la idea de condenar a L a un destino como el que describía Arthur. Ojalá hubiera sabido aprovechar mi buena voluntad, haberse llevado mejor conmigo, haber sido más agradable, más amable, más agradecido...

—No puedes tener por mascota una serpiente —dijo Arthur, comprensivo pero con toda la razón.

Yo estaba muy alterada de todos modos, y una parte muy profunda de mí creía que de haber tenido la capacidad de ser más generosa L hubiera estado salvado. Pero ¿de quién o de qué creía estar salvándolo? Me gustaba pensar que estaba dispuesta a ir hasta el fin del mundo por L, pero solo si él cumplía su parte del trato y era agradecido, educado y se adaptaba a la cómoda y agradable visión de la vida que yo le ofrecía. ¡Y él nunca querría ni podría hacer eso!

—No es responsabilidad tuya —repitió Arthur al ver mi angustia, con las mejillas cubiertas de lágrimas—. Es una persona adulta que asumió sus riesgos. Créeme, ha hecho siempre exactamente lo que quería, sin pararse a pensar ni un momento en lo que pudieran sentir los demás. Ha tenido una vida que es lo opuesto a la de alguien como tú: nunca se ha tomado la más mínima molestia por nadie. Acéptalo —dijo con cariño, secándose los ojos—: Si te viera muriéndote en la calle no te ayudaría.

Aun así, Jeffers, una parte de mí seguía pensando que sí lo haría.

—Por cierto, ¿has visto lo que está pintando? —dijo Arthur—. Los autorretratos... son increíbles.

Tengo que decir que a pesar de lo preocupados que estábamos pasamos una velada estupenda con Arthur, que era muy divertido, y cuando llegó Justine y vio al atractivo desconocido se puso como un tomate, y me pareció que estaba muy guapa y en cierto modo completa, y pensé si eso sería lo que sentiría un pintor cuando miraba un lienzo y comprendía que ya no podía ni debía hacer nada más. Arthur se fue a la mañana siguiente y prometió llamar pronto y volver en cuanto tuviera ocasión. Y volvió, pero para entonces todo había cambiado de nuevo.

Hacia la mitad del verano L se encontraba mucho mejor, aunque había encogido y se había vuelto muy irascible. Tenía un gesto difícil de describir, Jeffers: simplificando mucho, era la expresión de un animal cazado por otro más grande y que sabe que no tiene escapatoria. No había resignación en su actitud, como tampoco creo que la presa sienta demasiada resignación en las fauces de su captor, pese a lo inexorable de su destino. No: se parecía más al destello que lanza una bombilla antes de fundirse, cuando se ilumina y se extingue casi al instante. L estaba atrapado en un largo instante de iluminación, y yo tenía la impresión de que era plenamente consciente de sí mismo y del alcance de su existencia, porque al mismo tiempo estaba viendo el final de esa existencia. En su expresión, el entendimiento y el miedo eran indistinguibles uno del otro. Pero había también una especie de asombro, como si se encontrara ante la realidad original de su vida.

Fue más o menos entonces cuando Justine empezó a decir que L dormía mucho más de día y trabajaba de noche hasta más tarde. Hacía calor, la luna estaba grande y brillante, y últimamente se lo encontraba sentado junto a la proa del barco varado mucho después del anochecer. Cuando llegaba por la mañana lo veía dormido en el sofá de la sala de estar, con un montón de dibujos esparcidos encima de la mesa. Eran acuarelas, y Justine solo podía decir que representaban la oscuridad y que le recordaban el miedo que le daba la oscuridad de pequeña, cuando creía ver cosas que no existían.

Un día, L le preguntó si no podría conseguirle una bolsa o una cartera para llevar los materiales al aire libre, y Justine la consiguió y lo guardó todo siguiendo sus indicaciones. Había empezado a ponerse muy nervioso cuando caía la noche, nos explicó Justine; daba vueltas por la casa, como desquiciado, y a veces aporreaba las paredes o tiraba los muebles, y aunque normalmente era muy amable y educado con ella, a veces le gritaba si por casualidad aparecía cuando estaba en ese estado. Al saber esto, decidí que Justine necesitaba una noche libre. Como hacía tanto calor, propuse que Tony se ocupara de L mientras ella y yo íbamos a bañarnos en los canales de la marisma. Entre unas cosas y otras nos habíamos bañado poco ese verano, aunque era lo que a mí más me gustaba hacer. Normalmente nos bañábamos de día. ¡Yo llevaba años sin hacer algo tan romántico como bañarme a la luz de la luna! El caso es que después de cenar Justine y yo cogimos las toallas, dejamos a Tony recogiendo y bajamos por el jardín y el camino hasta la marisma.

¡Qué noche hacía! La luna brillaba tanto que veíamos nuestras sombras en la tierra arenosa; no hacía viento y la temperatura era tan suave que apenas notábamos el aire en la piel. La marea estaba alta y los canales llenos; un brillo opalino cubría el agua, y la luna tendía a nuestros pies su senda fría y blanca desde el último rincón del horizonte. Y en medio de tanta perfección caímos en que con las prisas se nos había olvidado coger los bañadores.

No nos quedaba otra que bañarnos desnudas, porque ninguna de las dos quería volver a casa, pero la idea tenía algo de tabú, al menos para nosotras, y vi que Justine dudaba ante el dilema. Es difícil entender, Jeffers, la incomodidad física que se desarrolla entre padres e hijos, por la carnalidad del vínculo. Desde que Justine alcanzó la edad de darse cuenta, yo siempre tuve cuidado de no imponerle mi desnudez, aunque me costó más aceptar su propia necesidad de intimidad. Recuerdo la sorpresa —casi la pena— que me dio la primera vez que me cerró la puerta mientras se bañaba. ¡Cuántas veces he tenido que aceptar que son los hijos quienes enseñan a los padres, no al revés! Quizá esto no sea verdad en todos los casos, pero yo estaba segura de que, entre todos los cuerpos posibles, el mío era el que a Justine menos le apetecía ver desnudo, y por otro lado, yo también llevaba muchos años sin verla desnuda a ella.

—No nos miramos —dije por fin.

—Muy bien —asintió.

Y nos desvestimos lo más deprisa posible y entramos

en el agua corriendo y gritando. Creo que hay momentos en la vida que no obedecen las leyes del tiempo, sino que duran para siempre, y este fue uno de ellos: ¡sigo viviendo en ese momento, Jeffers! Enseguida nos quedamos calladas, después del escándalo inicial, y nadamos en silencio por un agua que a la luz de la luna parecía tan densa y pálida como la leche y en la que dejábamos una estela grande y lisa.

—¡Mira! —llamó Justine—. ¿Qué es esto?

Se había alejado un poco y estaba flotando, metiendo y sacando los brazos para que el agua se escurriera por su piel como luz derretida.

—Es fosforescencia —dije, levantando también los brazos y observando cómo se derramaba sobre la piel la extraña luz ingrávida y líquida.

Justine lanzó una exclamación de asombro porque nunca había visto aquello, y entonces pensé, Jeffers, que la capacidad receptiva del ser humano es una especie de derecho natural, un valor que se nos asigna en el momento de la concepción y que sirve para regular la moneda de nuestra alma. Si no devolvemos a la vida tanto como recibimos de ella, esta facultad nos fallará tarde o temprano. Mi dificultad, lo vi en ese momento, siempre había estado en encontrar la forma de devolver todas las impresiones que había recibido, de rendir cuentas a un dios que ni había venido ni vendría nunca, a pesar de mi deseo de entregar todo lo que guardaba dentro de mí. Aun así, por alguna razón mi facultad receptiva no me había fallado: seguía siendo una devoradora a la vez que soñaba con ser creadora, y vi que había convocado a L, que le había hecho venir de otro continente, en la creencia intuitiva de que podría desempeñar por mí esa función transformadora, de que podría liberarme y lanzarme a la acción creativa. Bueno, L me había obedecido, pero al parecer de esa obediencia no había salido nada más que unos cuantos fogonazos de mutuo entendimiento en mitad de tantas horas de frustración, vacío y dolor.

Fui nadando hasta la punta del canal y al dar la vuelta vi a Justine saliendo del agua. O no se dio cuenta de que la estaba mirando o no quiso fijarse, porque se acercó despacio a por su toalla, con su silueta blanca recortada a la luz de la luna. ¡Qué cuerpo tan suave, compacto, perfecto, nuevo y fuerte! Se quedó quieta como una cierva, orgullosa y con las astas levantadas, y me estremeció la fuerza y la vulnerabilidad de aquel ser al que yo había creado y sentía tan mío y a la vez tan ajeno e inalcanzable. Se secó deprisa y se vistió mientras yo volvía nadando a la orilla, y mientras me vestía yo también, me cogió de pronto del brazo, lo apretó y exclamó:

—¡Hay alguien ahí!

Miramos hacia las sombras largas, al otro lado del camino, y efectivamente vimos a alguien como escabulléndose.

—Es L —dijo Justine secamente—. ¿Crees que nos estaba mirando?

Bueno, yo no sabía si nos había estado mirando o no, pero lo que era evidente es que andaba mucho más deprisa de lo que me hubiera esperado. Cuando volvimos a casa vimos que Tony, en vez de atender a L, se había quedado dormido en la butaca, así que fui yo misma a la segunda casa para comprobar que todo estaba en orden. Las luces estaban apagadas, pero la noche seguía siendo tan clara que no me costó nada cruzar la arboleda, y mientras me acercaba vi perfectamente la sala de estar por las ventanas sin cortinas. Tanto si era o no era él a quien habíamos visto en la marisma, ahora estaba delante del caballete, entre las franjas de luz pálida que la luna derramaba sobre su cuerpo, sobre los muebles y el suelo, casi como un simple objeto más rodeado de otros objetos. Estaba profundamente concentrado, tanto que apenas se movía, aunque creo que normalmente ponía mucha energía y dinamismo en el acto de pintar. El caso es que estaba quieto, y mientras lo observaba pensé que cierto tipo de quietud es la forma de acción más perfecta. Estaba muy cerca del lienzo, casi como si se alimentara de él, y por tanto no me dejaba ver el cuadro. Me quedé un buen rato parada, sin querer molestarlo con ruidos o movimientos torpes, y volví luego con mucho sigilo y con la sensación de haber presenciado algo parecido a un sacramento, un sacramento de los que únicamente ocurren en la naturaleza, cuando un organismo —ya sea la flor más diminuta o la bestia más grande— confirma su existencia en silencio y sin que nadie lo vea.

Siento no haber prestado más atención a esta etapa que te estoy describiendo, Jeffers, no porque no la recuerde, sino porque no la viví como me habría gustado. Ojalá que algo pudiera decirnos con antelación a qué partes de la vida prestar atención. Prestamos atención, por ejemplo, cuando nos enamoramos, y después normalmente nos damos cuenta de que nos estábamos engañando. Esas semanas en las que L pintó sus lienzos nocturnos fueron para mí lo contrario a enamorarse. Estaba baja de ánimo, casi apática; me costaba salir de la cama por la mañana y me sentía como si llevara un peso muerto dentro de mí. Me agobiaba constantemente la sensación de que la vida me había embaucado o timado, y recuerdo que era incapaz de borrar de mi expresión un gesto irónico y fatalista que a veces me veía en el espejo. Hasta dejé de intentar comunicarme con Tony, y eso significaba que pasábamos las noches en silencio, porque si no hablaba yo no hablaba nadie. Pero justo esos mismos días, lo que yo deseaba desde el principio —que L encontrara el modo de captar la inefabilidad del paisaje de la marisma y al hacerlo desbloqueara y plasmara parte de mi alma— estaba ocurriendo.

Justine me contó que L terminaba un cuadro nuevo cada noche, y que siempre se repetía la misma rutina: pasaba unas horas en un estado de creciente agitación, y de pronto salía corriendo con la bolsa llena de pinturas y se zambullía en la oscuridad. O sea, que los cuadros eran casi una puesta en escena para la que necesitaba prepararse o calentar con antelación, como hacen los actores y otros intérpretes. Para mí, este tendría que haber sido el mejor indicador de que nos acercábamos al final, porque su comportamiento extremo era de todo punto insostenible; pero en esa época yo solo estaba resentida por la carga de trabajo y la preocupación que su presencia suponía para Justine. La intuición me decía vagamente que L se distanciaba cada vez más de sí mismo en sus escapadas nocturnas, y eso seguramente significaba que había encontrado algo y salía a buscarlo una y otra vez, pero a mí esto solo me producía una desconfianza difusa, parecida a los celos, como la mujer que sospecha que su marido tiene una aventura a la vez que se niega a reconocerlo. Solo sabía que L había huido de mí, que ni siquiera me tenía en cuenta, y a la vez ejercía su derecho a vivir en mi casa como si yo no existiera.

Una tarde, mientras paseaba sin rumbo por los caminos de la marisma, me encontré con él por sorpresa; estaba sentado en uno de los pequeños acantilados que miran hacia los canales. El calor había secado bastante la marisma, y sus colores claros y desvaídos tenían un aire nostálgico: como vistos a través del tiempo además del espacio. La brisa traía un olor a lavanda marina que para mí es el olor de los veranos, y hasta ese olor parecía encerrar una nota melancólica, como si todo lo que alguna vez hubiera sido o pudiera ser feliz y bueno yaciera en el pasado, irrecuperable. Creo que habría seguido adelante, tan exiliada me sentía de él, si L no hubiera vuelto la cabeza mientras me acercaba y —al cabo de unos segundos en los que tuve la certeza de que no me había reconocido— me hubiera mirado con un gesto muy amable.

—Me alegro de que hayas venido —dijo cuando me senté a su lado—. No nos hemos llevado demasiado bien, ¿verdad?

Hablaba de un modo muy vago y como distraído, y aunque me sorprendió su comentario, también me hizo preguntarme si era del todo consciente de lo que decía y a quién se lo decía.

—No sé vivir de otra manera —respondí.

—Eso ahora no importa —dijo, dándome una palmadita en la mano con aire paternal—. Todo eso ya ha pasado. Buena parte de nuestros sentimientos son ilusiones.

¡Qué cierta me pareció esta observación, Jeffers!

—He hecho un descubrimiento —anunció.

—¿Quieres contármelo?

Me miró con los ojos vacíos, y un dolor brutal me

atravesó al ver esas esferas muertas. No hacía falta que me explicara cuál era su descubrimiento: ¡lo vi en sus ojos!

—Esto es precioso —dijo al cabo de un rato—. Me gusta observar los pájaros. Me hacen reír; disfrutan siendo como son. Nosotros somos tremendamente crueles con nuestro cuerpo. Y al final el cuerpo se niega a vivir para nosotros.

No creo que hablara de la muerte, sino de la no existencia en vida que suele gustarnos a la mayoría.

—Tú siempre has disfrutado —señalé con cierta amargura, porque creía que era lo que había hecho, como hacen casi todos los hombres.

—Pero resulta —añadió, como si yo no hubiera dicho nada— que al final nada es real.

Creo que en ese momento comprendí que su enfermedad le había liberado de su identidad, su historia y su memoria con tanta violencia y tan a fondo que por fin podía ver las cosas de verdad. Y lo que había visto no era la muerte, sino la irrealidad. Creo que este era su descubrimiento, y de eso hablaban sus escenas nocturnas, y la pregunta que me hubiera gustado hacerle esa tarde, en la marisma, era qué venía después de ese descubrimiento, aunque es posible que no pudiera responder a esa pregunta mejor que cualquiera de nosotros. En vez de eso, nos quedamos mirando a los pájaros mientras flotaban y revoloteaban en la brisa, y al cabo de más de media hora en silencio me levanté. Él no se movió, como decidido a quedarse. Me miró, y de repente me cogió la mano con su mano fuerte, seca y huesuda, y en el mismo tono vago e impersonal dijo:

—Sé que pronto te sentirás mejor.

Nos dijimos adiós y nunca más volví a ver a L.

Tony había recogido un montón de fruta y verdura del huerto, y pasé los dos días siguientes encerrada en la cocina de sol a sol, sudando y entre nubes de vapor: escaldando, envasando y conservando. Eso estaba haciendo la mañana en que Justine entró corriendo y me dijo que L se había ido.

—¿Cómo ha podido irse? —pregunté.

—¡No lo sé! —gritó, y me entregó una nota.

M

He decidido irme. Finalmente voy a intentar llegar a París. Haz lo que quieras con los cuadros, menos con el número siete. Ese es para Justine. Ten la amabilidad de dárselo.

L

O sea: medio impedido como estaba había salido en busca de esa antigua fantasía sexual, dispuesto a quitarse el maltrecho sombrero y lanzarlo una vez más al ruedo de la vida. Bueno, Jeffers, nos rompimos la cabeza pensando adónde se habría ido y cómo, pero el misterio se resolvió por fin de la manera más sencilla, cuando uno de los amigos de Tony dijo que había llevado a L a la estación, que L lo había abordado en un campo cerca de casa alrededor de una semana antes para pedirle el favor. Acordaron una hora y L se ofreció a pagar, pero el vecino se negó amablemente, dando por sentado que todo era público y notorio. Supongo que en cierto modo así fue.

Nunca he podido averiguar los detalles exactos de este viaje ni cómo L consiguió llegar tan lejos desde nuestra diminuta estación en aquel estado de debilidad, pero es bien sabido que murió en París, en un hotel, no mucho después de su llegada, de otro infarto cerebral. Al poco de saberse la noticia, Arthur se presentó una vez más en casa y entre los dos lo repasamos todo, embalamos los cuadros, los dibujos, los cuadernos de L y otros materiales, y una furgoneta vino un día a recogerlo todo y llevarlo a la galería de L en Nueva York. No tardaron en llegarnos los ecos del tumulto que se organizó allí, y empecé a recibir todo tipo de preguntas y peticiones de información y a ver mi nombre en los artículos que enseguida se publicaron sobre los últimos trabajos de L. Resultó que había intercambiado correspondencia con varias personas mientras estaba en la segunda casa, y no perdió ocasión de soltar barbaridades y vituperios sobre mí, una mujer controladora y destructiva, y sobre Tony, de quien hablaba de una manera bastante obsesiva y siempre bordeando el ridículo y el desprecio.

Tony se lo tomó con sorprendente calma, teniendo en cuenta lo mucho que había hecho por L y lo poco que se había beneficiado de nuestra relación con él.

—¿Tú te fiabas de él? —le pregunté, porque creía que nunca se había fiado.

—Solo un animal salvaje no se fía de nadie —dijo.

Le traían sin cuidado los artículos, porque sus conocidos nunca leían ese tipo de prensa, pero sabía cuánto me afectaban las opiniones de L y le preocupaba que nuestra vida en la marisma pudiera irse al garete.

—¿Quieres irte a otro sitio? —me preguntó. Y eso para él era un sacrificio comparable a cortarse el brazo derecho.

—Tony —le dije—, *tú* eres mi vida: eres mi seguridad en la vida. Donde tú estás la comida me sabe mejor, duermo mejor y las cosas que veo me parecen reales en vez de pálidas sombras.

Por mi parte, llevaba toda la vida, desde que era una niña diminuta, sin caer bien, y había aprendido a convivir con eso, gracias a que las pocas personas que a mí me gustaban me habían correspondido: todas menos L. Por eso sus calumnias tenían un poder especial para afectarme. Al oír las atrocidades que decía de mí, pensé que no había nada estable, ni una sola verdad auténtica en el universo, aparte de la inmutable: que lo único que existe es lo que uno es capaz de crear por sí mismo. Comprender esto significaba despedirse con tristeza y para siempre de todos los sueños.

Más lucha que baile, Jeffers, que es como Nietzsche describía la vida.

El caso es que renuncié a L, renuncié a él en mi corazón y sellé ese rincón secreto que siempre había dejado libre para él. Cuando alguien escribió para preguntarme si era cierto que L había pintado un mural en mi casa, fui al pueblo a comprar una lata de cal grande, y Tony y yo escondimos a Adán y Eva y a la serpiente, y volvimos a colgar las cortinas en la segunda casa, y le dije a Justine que la considerara suya y la usara a su gusto, para lo que quisiera y cuando quisiera.

Justine colgó allí su escena nocturna: la acuarela número siete. Es suya, y ahora tiene el extraño honor de ser la persona más rica que conozco. Aunque no creo que quiera venderla nunca. De todos modos, me gusta pensar que L involuntariamente le regaló libertad, la libertad de no depender de nadie para sobrevivir, algo que sigue siendo tan difícil de alcanzar para una mujer. Se ha enamorado de Arthur, claro, así que todavía puede entregarse a ese juego de azar: supongo que siempre podrá hacerlo. ¿Será verdad que la mitad de la libertad consiste en estar dispuesto a aceptarla cuando a uno se le ofrece? ¿Que cada uno de nosotros, como individuos, tiene que entender esto como un deber sagrado y también como el límite de lo que podemos hacer los unos por los otros? A mí me cuesta creerlo, porque la injusticia siempre me ha parecido mucho más fuerte que ningún espíritu humano. Puede que yo perdiera mi oportunidad de ser libre cuando fui madre de Justine y decidí quererla como la quiero, porque siempre temeré por ella y por lo que el injusto mundo pueda hacerle.

La acuarela número siete es la más rara de la serie, y en mi opinión la más misteriosa y bonita de todas, porque a diferencia de las demás muestra dos medias formas —entre las múltiples y extraordinarias texturas de la oscuridad— que parecen hechas de luz. Casi da la impresión de que se suplican la una a la otra, o luchan por unirse, y en su lucha se produce milagrosamente la unidad. Voy con frecuencia a ver la acuarela y nunca me canso de observar cómo se resuelve delante de mí la tensión entre ambas formas. Me gusta pensar, aunque es una fantasía, que eso es lo que entendió L esa noche, cuando nos vio bañándonos a Justine y a mí.

Unos meses después de todo esto recibí una carta con matasellos de París. Dentro del sobre había otra carta. La segunda carta era de L. La primera era de una tal Paulette, que me decía que llevaba tiempo tratando de localizarme, desde que había recuperado una carta sin dirección en la habitación del hotel donde murió L, porque creía que era para mí. Había leído todos los artículos publicados sobre L y había llegado a la conclusión de que la «M» de la carta tenía que ser yo. Se disculpaba por haber tardado tanto en enviármela.

La abrí, Jeffers, con menos temblor en las manos del que cabría esperar. Creo que había —y que he— aprendido a no dejarme engañar por la ilusión de los sentimientos personales, como dijo L aquel día en la marisma. Muchos de los ardientes sentimientos que me han gobernado en distintos momentos de la vida se han desvanecido por completo. Entonces, ¿por qué voy a permitir que un sentimiento reclame su derecho a alojarse en mi corazón? Espero haberme convertido o estar convirtiéndome en un canal claro. A mi manera, creo que he llegado a ver algo de lo que L vio en sus últimas semanas y plasmó en las acuarelas nocturnas. La verdad no reside en ninguna reivindicación de la realidad, sino allí donde lo real escapa a nuestro entendimiento. El verdadero arte busca captar lo irreal. ¿Crees que es así, Jeffers?

M

¿Me dijiste que era mala idea venir aquí? Si fue así tenías razón. Tenías razón en bastantes cosas, si te sirve de algo que te lo diga. A algunas personas les gusta que se lo digan.

Bueno, he llegado al borde y me he caído. Estoy en un hotel sucio y hace frío. Se supone que la hija de Candy tenía que venir a buscarme, pero han pasado tres días y no ha venido ni sé cuándo vendrá.

Echo de menos tu casa. ¿Por qué las cosas son más reales cuando ya han pasado? Ojalá me hubiera quedado, pero entonces quería irme. Ojalá hubiéramos podido convivir y llevarnos bien. Ahora no entiendo por qué no pudimos.

Siento lo mucho que te he costado.
Este sitio es un asco.
L

«Nunca te fíes del artista. Fíate de la narración. La auténtica función del crítico es salvar la narración del artista que la creó.»
D. H. LAWRENCE